AF304305

Mein Leben mit Anna von IKEA

– Junggesellenabschied

Thomas Kowa

Erstausgabe Oktober 2018

© 2018 dp DIGITAL PUBLISHERS GmbH

Made in Stuttgart with ♥
Alle Rechte vorbehalten

Mein Leben mit Anna von IKEA – Junggesellenabschied

ISBN 978-3-96087-736-5
E-Book-ISBN 978-3-96087-363-1

Umschlaggestaltung: Christin Peulecke
Unter Verwendung von Abbildungen von
© kjpargeter/freepik.com, © creativepack/freepik.com und
© OpenClipart-Vectors/pixabay.com
Lektorat: Daniela Höhne
Satz: Simon Müller

Über den Autor

Thomas Kowa, geboren 1969, hat Betriebswirtschaft studiert und arbeitete über zwanzig Jahre in der Pharmaindustrie. Heute ist er Autor, Poetry-Slammer, Musikproduzent, manchmal Weltreisender und Juryvorsitzender des Kurt Marti Preises des Berner Schriftstellerverbands. Leser, Kritiker und das Finanzamt sind nicht nur von seinen musikalischen Talenten, sondern vor allem von seinen erfolgreichen Romanen begeistert.

Während in seiner Thriller-Reihe um Kommissar Erik Lindberg fleißig gestorben werden darf, schafft er es in seinen Kurzkrimis, die Leser gleichzeitig zum Lachen und Fürchten zu bringen – und das ohne eine einzige Leiche. Mit den humorvollen Liebesgeschichten um Anna von IKEA zeigt Kowa, dass er nicht nur für Gänsehaut, sondern auch für viele Lacher sorgen kann.

Vorwort

Liebe Leserinnen und Leser,

als ich gerade mittendrin war, *Meine Hochzeit mit Anna von IKEA* zu schreiben, fiel mir auf, dass ich dem armen Matthias gar keinen Junggesellenabschied gegönnt hatte.
Das geht natürlich überhaupt nicht, daher muss die Hochzeit noch ein wenig warten. Falls sie überhaupt kommt, bei uns Autoren weiß man ja nie, welcher Dreh am Ende noch offenbart wird.
Oder am Anfang.
Denn Matthias bringt sich dieses Mal dermaßen in die Bredouille, dass ich nicht garantieren kann, ihn da wieder rauszuholen. Aber lest es am besten einfach selbst ...

Wie alles begann und danach weiterging ...

Matthias Käfer, Vollzeitsingle, Bankangestellter auf Bewährung und Besitzer eines inkontinenten Geschirrspülers, lernt bei IKEA die nette schwedische Kundenberaterin Anna kennen. Doch sieht Matthias eine hübsche Frau, bekommt er den Mund nicht mehr auf.

Also kontaktiert er Anna online. Durch ein Missverständnis gerät er an die virtuelle Kundenberaterin *Anna von IKEA* und glaubt am Ende, sie habe sich mit ihm verabredet.

Weil Matthias denkt, das Date finde bei IKEA statt, trifft er dort die echte Anna und verliebt sich in sie.

Doch er sagt es ihr nicht.

Als Anna eine Stelle als Lehrerin in Schweden angeboten bekommt, geht sie schweren Herzens zurück.

Fast zeitgleich verliert Matthias seinen Job bei der Sparkasse. Der Klempner Kemal, dem er einige Werbeslogans getextet hat, stellt ihn als neuen Werbeleiter an und erlaubt ihm, von überall aus zu arbeiten.

Matthias besucht Anna in Schweden und die beiden werden ein Paar.

Kaum ist Matthias zu Anna nach Göteborg gezogen, merkt er, dass im Land der Elche und Billy-Regale einiges anders ist als daheim.

Außerdem hat sich der ex-porschefahrende Ex-Freund von Anna, Viggo, in den Kopf gesetzt, seine »große Liebe« zurückzuerobern. Der Millionärssohn gibt sich umweltbewusst und überredet Anna, mit ihm auf eine Klimakonferenz ins tiefste Grönland zu fahren.

Derweil muss Matthias die Firma seines Chefs Kemal retten, der alles auf ein neues Produkt gesetzt hat: Dönereis. Und das mitten im Winter.

Matthias entwirft eine Werbekampagne, doch diese scheitert, weil das Eis furchtbar schmeckt.

Auch ein Relaunch als Dönersuppe geht in die Hosen, allerdings kann Kemal das Fertigungsverfahren verkaufen und die Firma und der Job von Matthias werden gerettet.

Am Ende erkennt Anna, dass Viggo sich nie geändert hat und der rücksichtslose Egoist ist, der er immer war.

Schließlich, an Heiligabend, macht Matthias Anna einen Heiratsantrag – und sie nimmt an.

Es hat schon mancher seine Ehe bereut –
den Junggesellenabschied jedoch nur sehr wenige.
Unbekannt, kennt aber offensichtlich nicht
Matthias Käfer

1

Ich blicke auf vier nackte Brüste.

Obwohl ich gerade aufgewacht bin und mein Kopf sich anfühlt, als befände sich darin ein aktives Braunkohleabbaugebiet, weiß ich ganz bestimmt, dass meine Verlobte Anna keine vier, sondern nur zwei Brüste hat.

Nein, ich sehe nicht doppelt, auch wenn neben mir zwei nackte Frauen schlafen, die aussehen wie Zwillingsschwestern.

Wie asiatische Zwillingsschwestern, um genau zu sein. Aber ich sehe das Bett nur einmal, und auch alles andere in diesem riesigen Raum.

Er ist vollgestellt mit irgendwelchen afrikanischen Holzfiguren, zwei Schaufensterpuppen, die mit Graffiti beschmiert sind und einem Pappaufsteller von George Clooney, an dessen Ohr ein Hamster knabbert. Rechts und links davon stehen ein paar ausgeschaltete Scheinwerfer, dahinter liegt ein großer Kühlschrank auf dem Boden, die Innenseite aufgeklappt.

Ich reibe mir die Augen, blicke an mir herab und stelle erstaunt fest, dass ich nackt bin. Irritiert schaue ich wieder zu den beiden schlafenden asiatischen

Zwillingen; ihr Unterkörper ist von einer roten Decke verhüllt. Neben ihnen liegen mehrere benutzte Kondome. Sofort muss ich an das Versprechen denken, welches ich Anna gegeben habe.

Ich habe geschworen, ihr immer treu zu sein.

Ich richte mich auf und merke sofort, dass mir nicht nur der Schädel, sondern auch mein Hintern wehtut.

Erinnerungsfetzen ziehen vorüber, hastig lupfe ich die Decke über den Unterkörpern der Zwillinge.

»Verdammte Hamsterkacke!« Schnell ziehe ich die Decke wieder zurück.

Im nächsten Moment knarrt die Tür, sie wird aufgerissen und ein mir völlig unbekannter Mann torkelt volltrunken in das Zimmer. Er trägt eine blonde Fönfrisur, die aussieht wie ein aufgeplatztes Sofakissen. Schließlich bleibt er vor dem offenen, umgekippten Kühlschrank stehen und kotzt ansatzlos in das Gemüsefach.

Dann erst sieht er mich, wischt sich den Mund ab und hebt den Arm zum Gruß, als sei er die englische Königin. »War eine geile Party, oder?« Er torkelt zu mir und reicht mir einen zerknüllten Zettel. »Das ist die Kopie, die du ... hicks ... haben wolltest.«

Ich reibe mir die Stirn, hinter der immer noch alles dröhnt. »Kopie von was?«

Der blonde Mann mit der Sofakissenfrisur schwankt noch ein wenig herum, bevor er endlich antwortet. »Von dem Brief, den du gestern Abend ... hicks ... geschrieben hast.«

Ich falte den Zettel auseinander, die krakelige Schrift kenne ich nur zu gut. Es ist meine.

Liebe Alexa,
Du bist die Frau meines Lebens!
Bevor ich dich kennengelernt habe, wusste ich gar nicht, was Liebe ist. Alle anderen Frauen verblassen neben Dir.
Was immer auch passiert, eines darfst du nie vergessen:
Ich liebe Dich.
Dein Matthias

Geschockt starre ich auf den Namen in der obersten Zeile. »Alexa?«, rufe ich.

»Hallo, Matthias«, antwortet eine Frauenstimme. »Soll ich dir noch mal den Maiskolben grillen, du böser Delfin?«

24 Stunden früher

Viele Häschen sind des Junggesellen Tod.
__Kuno Klaboschke, deutscher Gebrauchsphilosoph.__

2

Diese verdammte Schnake hat mich schon in der Nacht genervt, doch anstatt sich im Schlafzimmer mit prallgefülltem Bauch auszuruhen, schwirrt sie jetzt auch noch in der Küche um uns herum.

Ich blicke ihr missmutig nach, Anna ignoriert sie und der Ober-Öko Morten hat sie wahrscheinlich noch gar nicht bemerkt, denn sie ist kein Wal, den er retten könnte. »Warum feiert ihr schon euren Junggesellenabschied, wenn ihr noch nicht mal den Hochzeitstermin kennt?«, fragt er, richtet seinen grauen Pferdeschwanz und rollt seine Bibel zusammen, also das *Greenpeace Magazin*.

Morten ist der beste Freund von Anna, arbeitet bei Greenpeace als Aktivist und ist das wandelnde Weltgewissen.

Jedenfalls, wenn es um Anna und mich geht.

Plötzlich zischt es und das zusammengerollte *Greenpeace Magazin* knallt so laut auf unseren Küchentisch, dass ich hochschrecke.

»Morten!«, ruft Anna.

»Damit rechnet keine Schnake.« Morten lächelt triumphierend und entsorgt sie ökologisch korrekt im

Bio-Abfall. »Es mag hinterhältig sein, aber es ist effizient.«

»Schnaken können nicht lesen«, widerspreche ich. »Es ist ihnen ziemlich egal, ob du sie mit der *AUTO BILD* oder dem *Greenpeace Magazin* erschlägst.«

Morten zuckt mit den Schultern und deutet auf das Rückcover. »Ich hab sie jedenfalls erwischt.« Er beißt in sein Stückchen *Tigerkaka* – also Marmorkuchen – und lächelt. »Wer sich immer nur total korrekt verhält, wird irgendwann verrückt. Mückenjagd ist meine Art des Frustabbaus.« Er bemerkt unseren irritierten Blick und zuckt entschuldigend mit den Schultern. »Außerdem hat diese Mückenplage, die Schweden jeden Sommer heimsucht, ihre natürliche Ausprägung weit überschritten.«

»Es ist Mitte März«, sage ich. »Kalendarisch ist das nicht mal Frühling.«

»Ich sag ja, die Mückenplage hat ihre natürliche Ausprägung überschritten.« Morten winkt ab, mustert Anna und mich. »Jetzt aber wieder zu euch. Findet ihr das eine gute Idee mit dem Junggesellenabschied? Das ist doch wieder so eine Tradition, die aus den USA kommt. In Deutschland und in Schweden feiert man eigentlich Polterabend am Vorabend der Hochzeit.«

»Und zerbricht dabei Kloschüsseln im Vorgarten der Braut«, sage ich. »Das wäre mir ja vielleicht egal, wenn wir nicht schon zusammenwohnen würden.« Ich grinse, doch niemand lacht.

»Das war ein Scherz«, erkläre ich schnell. »Die Eheleute müssen das ganze Porzellan ohnehin gemeinsam beseitigen, als erste Prüfung.« Ich blicke Morten an. »Aber denk doch mal an die Umweltfolgen.«

Morten seufzt. »In allem was ich tue, denke ich ständig an die Umweltfolgen. Du kannst dir gar nicht vorstellen, wie mir das auf den Sack geht.«

»Dann genieß den Junggesellenabschied doch einfach«, sage ich. »Du bist schließlich auch eingeladen.«

»Aber warum ist alles so kurzfristig?« Morten schaut uns fragend an. »Ich habe erst vor einer Woche die Einladung bekommen.« Er deutet auf seine Uhr. »Und in einer halben Stunde geht es schon los.«

»Ist es echt schon so spät?« Gestresst blicke ich auf mein Handy. Warum hat sich die verdammte Hamstersitterin noch nicht gemeldet?

»Also ich weiß schon seit über einem Monat, dass wir dieses Wochenende wegfliegen«, antwortet Anna. »Meine Trauzeugin Isabella hat sich tierisch ins Zeug gelegt.«

Morten seufzt. »Will sie jetzt kompensieren, dass sie dich fünfzehn Jahre nicht gesehen hat?«

»Sie ist nun mal in die USA ausgewandert«, entgegnet Anna. »Aber sie war sofort Feuer und Flamme und hat alles organisiert.«

»Mein Chef Kemal hat ein wenig Anlaufzeit gebraucht«, antworte ich. »Aber jetzt ist alles vorbereitet, oder?«

Morten nickt vorsichtig. »Ich verstehe immer noch nicht, dass dein Chef deinen Junggesellenabschied plant.«

»Er ist auch mein Freund«, antworte ich. »Außerdem kümmert er sich besser um meinen Junggesellenabschied, als dass er wieder irgendein Produkt erfindet, das am Ende niemand braucht. Ich sag nur: Dönereis.«

»Und wo fliegt ihr hin?«, fragt Morten und schaut Anna an. Klar, wo wir Männer hinfliegen, weiß er schließlich.

Im Gegensatz zu mir.

»Ich habe keine Ahnung.« Anna lächelt gespannt. »Ich weiß nur, dass wir morgen Abend gegen achtzehn Uhr wieder in Göteborg landen, eine Viertelstunde vor euch. Wenn alles klappt, sehen wir uns in nicht mal sechsunddreißig Stunden am Flughafen wieder.« Anna blickt mich verliebt an und ich gebe ihr einen Kuss.

Ich habe Anna in meiner alten Heimat bei IKEA kennengelernt. Nach einigen Verwechslungen mit der virtuellen Assistentin *Anna von IKEA*, sind wir schließlich ein Paar geworden, ich bin von Ludwigshafen-Oggersheim in die Göteborger Altstadt gezogen und habe Anna an Weihnachten einen Heiratsantrag gemacht.

Den sie freudestrahlend angenommen hat.

Vorher ist es zwar zu ein paar Komplikationen und Missverständnissen gekommen, aber die sind jetzt alle Geschichte.

Ich muss wieder an Weihnachten denken, es war wirklich schön, aber arschkalt.

Schweden eben.

Außerdem habe ich an Weihnachten noch George Clooney den Zweiten geschenkt bekommen, einen Hamster, der friedlich in der Wühlecke seines Indoorspielplatzes schläft. Den habe ich ihm eigenhändig gebaut. Und zwar ohne das Holz abzufackeln, an der falschen Stelle zu zersägen oder sonst etwas kaputt zu machen.

Okay, ich hab mit dem Hammer dreimal auf meinen Finger, statt auf den Nagel gehauen, aber für jemanden wie mich, der ein mehrfaches Diplom in Schusseligkeit besitzt, war der Bau des Hamsterspielplatzes eine Meisterleistung.

»Und wo fliegen wir hin?«, frage ich Morten. Hier herrscht immer noch tiefster Winter, schließlich ist März. Heute Morgen habe ich gesehen, wie ein Schneeglöckchen seinen Kopf aus dem Eis gereckt hat und sofort von der Kälte massakriert wurde.

Okay, kann auch sein, dass ich das geträumt hab, weil Anna mir in der Nacht manchmal die Decke wegzieht, aber ich hoffe inständig, dass wir in die Sonne fliegen.

Also nicht direkt in die Sonne, Mallorca würde mir schon reichen.

»Du weißt doch, ich musste hoch und heilig versprechen, nichts zu verraten«, sagt Morten. »Davon abgesehen war ich schon fast überall auf der Welt, aber an dem Ort noch nie. Also lasse ich mich genauso überraschen wie du.«

Eine lange Verlobungszeit gibt den Menschen Gelegenheit, vor der Ehe den Charakter des anderen kennenzulernen, was nie ratsam ist.
Oscar Wilde, britischer Schriftsteller

3

Noch bevor ich Morten weiter erfolglos löchern kann, klingelt es an der Tür. Anna und ich springen gleichzeitig auf, denn sie erwartet ihre Jugendfreundin Isabella und ich meinen Chef und besten Freund Kemal.

Allerdings erwarten wir noch dringender die Hamstersitterin für George Clooney den Zweiten, die ihn während unserer Abwesenheit füttern und ab und an in seinen geliebten Indoorspielplatz setzen soll.

Da ich es war, der mit der Hamstersitterin alles besprochen hat, gehe ich zur Tür, es klingelt erneut und ich höre von draußen ein Bellen.

Kaum habe ich die Tür geöffnet, schießt ein pink gefärbter Chihuahua durch den Schlitz und hüpft kläffend vor mir auf und ab.

Er trägt ein pinkfarbenes Halsband, welches an einer pinkfarbenen Leine hängt. Mein Blick folgt der Leine, eine etwa dreißigjährige Frau hält sie in ihren Händen. Sie trägt pinke High Heels, pinke Nylons, pinke Hotpants, ein bauchfreies pinkes Top, darüber ein pinkes Sakko, pinken Lippenstift, pinke Ohrringe und ein pinkes Haarband im – ich traue meinen Augen kaum – blonden Haar.

Miss Pink blickt mich an, als sei ich ein Dienstbote. »Ich bin Isabella della Stella«, sagt sie mit leicht amerikanischem Akzent. »Und das ist Mr. Dog. Ist meine beste Freundin Anna da?«

Womit zumindest geklärt wäre, dass sie nicht die Hamstersitterin ist. Was einerseits schlecht ist, andererseits gut, zumindest für die Farbe von George Clooneys Haarkleid. »Freut mich, dich kennenzulernen«, sage ich und reiche Isabella die Hand. »Anna ist in der Küche und ich bin ihr Verlobter ...«

Weiter komme ich nicht, da halte ich schon die Hundeleine in der Hand, plus einen pinkfarbenen Napf samt Aufforderung, Mr. Dog ein Rinderfilet zu kredenzen, aber bitte fettarm. Außerdem müsse sein Trinkwasser exakt auf dreiundzwanzig Grad temperiert sein, sonst würde Mr. Dog immer so furzen.

Weil Annas Freunde auch meine Freunde sind, knie ich mich zu Mr. Dog hinab. Der bellt mich sofort an, als sei *er* hier zu Hause und *ich* der Briefträger, der das online bestellte Katzenfutter bringt. Im Augenwinkel sehe ich, wie Isabella della Stella und Anna sich umarmen. Meine Verlobte schaut mindestens genauso geschockt aus der Wäsche wie ich.

Denn Anna besitzt nur einen einzigen Lippenstift und Schminke habe ich an ihr bisher nur an Fasching gesehen.

Sie ist eben der natürliche Typ und genau das gefällt mir an ihr.

Wieder springt Mr. Dog kläffend an mir hoch. Ich würde ihm ja etwas zu essen geben, aber ich habe keine Ahnung, ob Hunde *Tigerkaka* essen dürfen. Denn selbst wenn ich Rinderfilet daheim hätte, würde ich es sicher nicht an einen Hund verfüttern – sondern lieber an mich.

Und Hamsternahrung mag Mr. Dog wahrscheinlich auch nicht.

Also stelle ich den Chihuahua erst mal ein Suppenschälchen mit etwas lauwarmem Wasser hin, woraufhin er freudig drauflosschlabbert.

Ich binde seine Leine an die Heizung und lege den immer noch schlafenden George Clooney in seinen Käfig, schließlich soll er auf keinen Fall als Chihuahua-Futter enden. Dann rufe ich zum dritten Mal am heutigen Morgen die Hamstersitterin an.

Sie geht erneut nicht ran. Ich schreibe ihr eine SMS und erinnere sie, dass wir in weniger als einer halben Stunde zum Flughafen fahren müssen.

Weil George Clooney erst seit wenigen Wochen bei uns wohnt, meinte Anna, wir könnten ihn auf keinen Fall allein lassen, denn kaum ist die Sonne untergegangen, will er sofort in den Indoorspielplatz. Und er macht einen riesen Rabatz, wenn es mal länger als fünf Minuten dauert, bis wir ihn dort reinsetzen.

Der Indoorspielplatz hat zwar dreißig Zentimeter hohe Wände, aber kein Dach und ist somit alles andere als hamsterausbruchssicher, weswegen wir George dort nur unter Beobachtung spielen lassen.

Und wenn wir ins Bett gehen, dann muss er wieder in den Käfig, was er bereitwillig akzeptiert, wenn er dort nur genügend zum Hamstern findet.

Ich bekomme eine SMS, und sehe erleichtert, dass die Nachricht von unserer Hamstersitterin stammt. *Ich bin in fünf Minuten ...,* lese ich. Im nächsten Moment furzt es aus dem Flur so laut, als sei *Mr. Methan* dort eingezogen.

Sofort stürmt Isabella an mir vorbei in den Flur, schreit auf und bindet hastig Mr. Dogs Leine von der Heizung los. »Das ist Freiheitsberaubung!« Anschließend hält sie ihren Finger in das Wasserschälchen von Mr. Dog. »Mindestens zwei Grad zu warm.« Sie schüttelt vorwurfsvoll den Kopf. »Das Rinderfilet besorgen wir wohl besser am Flughafen.«

Bevor ich etwas entgegnen kann, kommt auch schon Anna zu uns in den Flur gelaufen. »Wir können dann los.«

Isabella mustert sie fragend. »Bist du etwa schon fertig?«

»Klar«, sagt Anna. »Ich muss nur noch die Schuhe und die Jacke ...«

»Du gehst *ungeschminkt* auf die Straße?« Isabella blickt sie völlig entsetzt an, was jeder hätte nachvollziehen können, hätte sie das Wörtchen *ungeschminkt* durch *nackt* ersetzt.

»Ich kann ja im Flugzeug ein bisschen Lippenstift auftragen«, sagt Anna, zieht Jacke und Schuhe an und wendet sich dann mir zu. »Was ist mit der Hamstersitterin?«

»Ich kümmere mich darum.«

»Wir können den Kleinen auf keinen Fall hier allein zurücklassen.«

»Ich weiß«, sage ich und deute auf mein Handy. »Sie ist in fünf Minuten da.«

»Sicher?«

Ich nicke. »Du kannst beruhigt gehen. Genieß es.«

Anna atmet erleichtert aus und gibt mir einen Kuss. Sie blickt mir tief in die Augen. »Bist du mir auch treu?«

»Klar«, antworte ich und bin mir so tausendprozentig sicher, wie diese ganzen Fußballspieler, die nicht wissen, dass mehr als hundert Prozent bei einer derartigen Frage mathematisch unmöglich sind. »Ich schwöre es.«

Anna nimmt meine Hand. »Ich bin dir auch treu.«

»Das würde ich mir an deiner Stelle gut überlegen.« Isabella schiebt Anna von mir weg, sodass wir uns zum Abschied nicht mal mehr küssen können. »Ich habe einen Stripper eingeladen, der so heiß ist, dass er ganz allein für die globale Erwärmung zuständig ist.« Sie lächelt süffisant. »Jedenfalls sobald er die Hose runtergelassen hat.«

4

Kaum ist Anna mit der pinken Isabella in deren unglaublicherweise schwarzen Mietwagen gestiegen und davongedüst, schaue ich auf mein Handy. Ich will gerade die Nachricht der Hamstersitterin öffnen, als ein Taxi angeschossen kommt und vor unserer Haustür stoppt.

Die Tür schlägt auf und Kemal springt heraus. »Komische Land hier, Taxifahrer nix komme aus Türkei.« Er deutet auf den Fahrer. »Kannst du ihm sage, er solle warte, bis wir gleich fahre wieder Flughafe? Und sage, habe eilig.«

»Klar«, antworte ich und krame meine immer noch im Embryonalstadium befindlichen Schwedischkenntnisse heraus, um dem Taxifahrer zu erklären, dass er uns samt Kemal gleich wieder mitnehmen kann.

Dann umarme ich meinen Freund und Chef. »Wie war die Reise?«

»Alles perfekt organsiert von meine neue Assistentin.«

»Hast du jetzt eine Sekretärin?«

Kemal winkt ab. »Ich erkläre später.«

Ich stelle ihm Morten vor, der unsere Koffer schon mal in das Taxi bringt.

»Könne wir los?«, fragt Kemal und blickt auf die Uhr. »Sind spät dran.«

»Unsere Hamstersitterin müsste jeden Moment kommen«, antworte ich und öffne ihre Nachricht auf meinem Handy. *Ich bin in fünf Minuten an der Grenze, es wird also noch zwei Stunden dauern, bis ich bei euch bin. Sorry :-).*

Geschockt wähle ich ihre Nummer. Nach dreißig Sekunden Dauerklingeln geht sie ran. »Das ist ein Scherz, oder?«, frage ich.

»War so schönes Wetter in Kopenhagen«, flötet sie. »Da hab ich glatt die Zeit vergessen. Wann geht noch mal euer Flug?«

»Jetzt!«

»Heißt das, ich hab mich umsonst beeilt?«

»Kennst du jemanden, der kurzfristig einspringen kann?«, frage ich.

»Ihr lasst meinen Job platzen und ich soll euch auch noch dabei helfen?«

Es gibt Leute, die geben anderen selbst dann die Schuld, wenn sie alles ganz allein falsch gemacht haben. Unsere Hamstersitterin gehört offensichtlich dazu, also lege ich auf, denn das Taxi wartet zwar, unser Flugzeug aber ganz bestimmt nicht.

Ich rufe Kemal und Morten zu mir und führe sie zum Hamsterkäfig, in dem George Clooney der Zweite friedlich schläft. »Krisensitzung«, sage ich. »Unsere Hamstersitterin hat uns im Stich gelassen.«

»Dann lass ihr doch den Schlüssel im Briefkasten«, sagt Morten.

»Geht nicht«, antworte ich. »Schließlich braucht sie, um den zu öffnen, einen Briefkastenschlüssel. Und den kann ich nicht zu ihr beamen.«

»Und was ist mit Nachbarn?«, fragt Kemal.

Ich schüttle den Kopf. »Das hier ist ein kleines, schmuckes Einfamilienhäuschen, wir haben keine Nachbarn. Und die Personen, die in den Häusern neben uns wohnen, kenne ich nicht. Göteborg ist eine Großstadt.«

Morten atmet tief aus. »Und wenn du den Schlüssel irgendwo versteckst?«

»Vor den Augen des Taxifahrers? Und die ganzen Passanten, das fällt doch auf.« Ich deute auf die unzähligen Fußgänger, welche die Altstadt bevölkern.

Morten runzelt die Stirn. »Also muss der Greenpeace-Mann daheim bleiben und auf den Hamster aufpassen?«

»Vielleicht gibt es noch eine andere Option«, sage ich. »Kemal, ist mein Junggesellenabschied hamstertauglich? Ja oder nein?«

»Wie du meine?«

»Na, gehen wir in ein Falkengehege oder besuchen wir eine Luchsfarm? Oder irgendwohin, wo es der kleine Racker hier nicht überleben könnte?«

Kemal schüttelt den Kopf. »Willst du mitnehme Hamster? Als was, Proviant?«

»Quatsch.« Ich winke ab. »Die Trauzeugin von Anna hat einen Chihuahua dabei, da können wir einen Hamster mitnehmen, oder?«

Kemal legt erst seine Stirn in Falten, doch dann lächelt er. »Wenn deine Verlobte könne mitnehme

Hund, wo ist klein wie Ratte, wir auch könne gehe mit Hamster.«

Ich nehme den Käfig, blicke auf den friedlich schlafenden George Clooney den Zweiten und zögere. »Ein Hamster auf einem Junggesellenabschied, ist das artgerechte Haltung?«, frage ich Morten.

Der zuckt mit den Schultern. »Für einen Hamster ist es artgerecht, von einem Wiesel gefressen zu werden, trotzdem hat er wahrscheinlich keinen Spaß daran.« Er deutet auf den schlafenden George. »Wenn wir ihn tagsüber im Hotel lassen, kann er ausreichend schlafen und nachts, wenn er aktiv ist, werden wir ihn kaum bemerken. Außerdem sind Hamster Einzelgänger«, sagt er. »Wer also wäre besser als Maskottchen für deinen Junggesellenabschied geeignet als George Clooney der Zweite?«

Junggeselle: ein Mann, der nie denselben
Fehler einmal gemacht hat.
Bolivianisches Sprichwort

5

Schnell packe ich noch ein paar Möhren, Salatblätter und Leckerli ein, dann steigen wir in das Taxi, der Käfig mit dem immer noch schlafenden George neben mir auf der Rückbank.

Der Taxifahrer will gerade losfahren, als Kemal noch einmal aussteigt und die Tür neben mir öffnet. Er holt einen schwarzen Schal aus seiner Jacke. »Ist Überraschung, wo wir fahre hin.«

»Zum Flughafen«, sage ich. »Oder?«

»Ist besser du gewöhne jetzt schon an Schal, dann du nicht so viel rumstolpere während Flug, wenn nix könne sehe.«

Ich lasse es über mich ergehen, denn erstens will ich mich nicht schon bei meiner ersten Aufgabe weigern und zweitens ist die Fahrt zum Flughafen Göteborg nicht sonderlich spannend.

Eine halbe Stunde später steigen wir aus, was mich in der Annahme bestärkt, wirklich dorthin gefahren zu sein.

Da ich mit dem umgebundenen Schal nicht das Geringste sehe, führt Kemal mich. Auf mein Nachfragen versichert er mir mehrfach, dass Morten den Käfig mit George Clooney dem Zweiten mitgenommen hat.

Kaum höre ich die ersten Durchsagen, die darüber informieren, keinesfalls das Gepäck unbeaufsichtigt stehen zu lassen, erinnere ich meine Freunde daran, dass dies auch für den Käfig gilt, woraufhin mir Kemal zwei Ohropax in meine Lauscher steckt.

Wir bleiben irgendwo länger stehen, ich vermute, vor dem Check-in-Schalter. Irgendwie macht mich das nervös, nichts sehen und hören zu können und die Kontrolle zwei Männern zu überlassen, von denen der eine Dönereis für eine tolle Geschäftsidee hält und der andere gerne mit einem Wal verheiratet wäre. Also mache ich darauf aufmerksam, dass der Käfig mit George keinesfalls aufgegeben werden darf, weil es in den Frachträumen viel zu kalt für Nagetiere ist.

Morten legt mir den Arm auf die Schulter und nimmt mir die Ohropax aus den Ohren. »Beruhig dich mal, Tierschutz liegt in meinen Genen.«

»Wenn dem Hamster was geschieht, bringt Anna mich um.«

Morten lacht auf. »Sollte dem Hamster wirklich etwas passieren, wer, meinst du, bekommt den größten Ärger? Du oder der Mann von Greenpeace?«

»Wenn ich so was mache, geht es meistens schief«, seufze ich.

»Wenn ich so was mache, klappt es meistens.« Morten klingt selbstsicher.

»Was heißt meistens?«

»Für Mutter Natur sind einzelne Verluste unbedeutend.« Morten steckt mir die Ohropax erneut in die Ohren und lässt mich stehen, vermute ich jedenfalls.

»Ich dachte, du wolltest mich beruhigen?«, rufe ich ihm hinterher.

Ich höre Kemal zu mir kommen, der mich weiter führt. »… gegange … zusamme …?«, fragt er, jedenfalls kommt das wegen der Ohropax bei mir an.

»Hä?«

Kemal nimmt mir die Dinger erneut raus und wiederholt seinen Satz. »Ist schon jemals was gegange schief, was wir beide zusamme habe gemacht?«

»Ja, die Geschichte mit dem Dönereis und der Dönersuppe.«

»Trotzdem am Ende war alles gut. Okay, ich verlore halbe Firma und dich musste kündige, aber dann ich dich wieder eingestellt, oder?« Er legt mir den Arm auf die Schulter, es fühlt sich jedenfalls so an. »Ich dir schon erzählt von meine neuste Idee? Bei Flug du ohnehin nix habe zu tun, kannst dir überlege neue Slogan für türkische Tsatsiki.«

»Das ist ein griechisches Traditionsrezept!«

»Wenn wäre griechisch müsste heiße Gratsiki, heißt aber Tsatsiki wie Türkei. Ihr nur nix mehr wisse, weil habt umbenannt in Zaziki mit blöde Rechtschreibreform, wo nicht mal mehr Deutsche kapiere wie was schreibe.«

»Lass uns das Geschäftliche nach dem Wochenende besprechen«, seufze ich und Kemal brummelt irgendetwas, das ich als Zustimmung interpretiere. Aber irgendwie schwingt da noch etwas anderes mit.

»Hast du schon wieder etwas bestellt?«, frage ich. »Einen Werbespot, einen Fünfsternekoch, eine Produktionsanlage?«

»Nur zwei LKW voll Knoblauch«, sagt Kemal. »War aber Sonderangebot und wir auch könne verwende für Döner.«

»Na, dann können wir uns jetzt auf den Junggesellenabschied konzentrieren, oder?«

Dieses Mal höre ich deutlich, dass Kemal zustimmt und nachdem wir gefühlt durch den halben Flughafen gelaufen sind, nimmt er mir auch noch den Schal ab. »Handgepäckkontrolle«, sagt Kemal. »Wenn du trage Binde, sie glaube, wir dich entführe. Das stimme zwar, brauche Security aber nix wisse.«

Ein Junggeselle ist ein Mann,
der seine Ringe unter den Augen trägt.
Willy Reichert, Schauspieler,
Kabarettist und Schriftsteller

6

Ich passiere die Handgepäckkontrolle und sehe mit Erleichterung, dass George immer noch ruhig in seinem Käfig schläft.

Weil der Käfig auch durch die Durchleuchtungseinheit geschoben werden muss, nimmt Morten den Hamster heraus und trägt ihn auf seiner Hand schlafend durch die Schleuse. Als Morten den kleinen George wieder in den Käfig setzt und dieser immer noch schläft, beschließe ich, mir um den Hamster keine Gedanken mehr zu machen. Morten passt wahrscheinlich viel besser auf ihn auf, als ich es je könnte.

Kurz darauf beginnt der zweite Teil meines Blindflugs, passenderweise im Flugzeug.

Kemal erzählt der Stewardess, ich hätte eine komplizierte Augenoperation hinter mir, weswegen ich meine hochempfindlichen Sehorgane mit dem Schal schützen müsse.

Natürlich sagt er das in seinen eigenen Worten, aber der Sinn ist in etwa der gleiche, lässt man seine abfällige Bemerkung darüber beiseite, dass im Flugzeug Ouzo käuflich erhältlich ist, aber kein Raki. Die Reaktion der Stewardess darauf bekomme ich nicht mehr mit, denn da stecken schon wieder die Ohropax in meiner Hörmuschel.

»Sollte man sich beim Junggesellenabschied nicht frei und ungebunden fühlen?«, frage ich. »Das letzte Mal in seinem Leben?«

Kemal nimmt mir die Ohropax heraus. »Das du habe falsch verstande. Weil verheiratete Mann habe nix mehr Zeit für seine Freunde Junggeselleabschied ist Rache von Freunde an Bräutigam, weil der gewechselt Seite.« Kaum hat er das gesagt, steckt er mir die Ohropax wieder in die Lauscher und zwar fester als zuvor.

Ich nehme sie trotzdem heraus. »Das ist total unnötig, es spielt ohnehin keine Rolle, wohin wir fliegen.«

»Das ist aber wichtig: andere Land, andere Fritten.«

»Aber von Göteborg aus gehen keine Interkontinentalflüge ab, also landen wir am Ende in einer europäischen Großstadt und die unterscheiden sich in den Innenstädten nur durch die unterschiedliche Anzahl der McDonald's-, Burger King- und Starbucks-Filialen, plus die der H&M und Zara-Läden.«

»Du habe vergesse Dönerbude. Es gebe viel mehr davon in Dortmund als beispielsweise in Helsinki. Außerdem wir gehe an Ort, wo nix hat Innenstadt. Meine Assistentin hat geplant.«

»Ein Ort ohne Innenstadt?« Ich würde Kemal jetzt irritiert anblicken, wenn sich nicht dieser blöde Schal vor meinen Augen befände. »Also fahren wir in ein Dorf?«

»Nix Dorf. Ist Stadt ohne Innenstadt.« Er winkt ab. »Aber ich schon genug verrate und du schweige jetzt.«

Er steckt mir die Ohropax erneut in die Ohren.

Weil ich jetzt weder etwas sehe, noch höre und ich mir sicher bin, dass es ein langer Tag und eine noch längere Nacht wird, schiebe ich meinen Sitz zurück und versuche ein wenig zu schlafen.

***

Zu meiner Überraschung gelingt mir das Einschlafen, was man ja immer erst merkt, wenn man aufwacht.

Ich würde mich gerne umblicken, aber der Schal hängt über meinen Augen. Wenigstens nimmt mir Kemal die Ohropax heraus. »Wir gelandet«, sagt er. »Jetzt gehen aus Flugzeug, dann aus Flughafe und dann warte Fahrer auf uns.«

Und schon steckt er mir die Dinger wieder hinein. Ich komme mir schon vor wie ein Abflussstöpsel, den man ständig rein und rausnimmt.

Schlaftrunken torkle ich neben ihm her und bin immer noch faultiermüde, als wir offensichtlich in einen Bus einsteigen. Jedenfalls geht es eine kurze Treppe hoch und ich setze mich, ohne angeschnallt zu werden.

Kurz darauf wiegt mich der brummende Diesel erneut in den Schlaf und ich träume von der Hochzeitsnacht mit Anna.

7

Nun habe ich in meinen Träumen schon allerhand Absonderliches erlebt: Ich bin von zentimeterhohen Brücken gefallen, wurde von bösartigen Marienkäfern aufgefressen und habe mich aus Versehen selbst im Gefrierfach eingefroren. Im letzteren Fall war das Schlafzimmerfenster gekippt gewesen – im Winter in Schweden ohne Expeditionsschlafsack keine sonderlich gute Idee.

Aber dieser Traum meiner Hochzeitsnacht ist total anders, denn er endet zu meiner Verwunderung darin, dass ich in eine Kloake falle.

Die dermaßen stinkt, als habe man alle Campingtoiletten dieser Welt da hineingeschüttet.

Plus den Inhalt aller mobilen Toilettenhäuschen.

Und als Krönung noch eine Dose Red Bull.

Ich reiße die Augen auf, merke, dass ich wieder etwas sehen kann und halte mir gleichzeitig die Nase zu. »Warum stinkt es hier denn so?«

»Gut, du wache auf«, antwortet Kemal. »Ich schon befürchtet, du verpasse Highlight von deine Junggeselleabschied.«

Er steigt aus dem Bus und ich trotte ihm hinterher.

Meine Augen gewöhnen sich nur langsam an das Licht, irgendwie sieht es so aus, als seien wir auf einem fremden Planeten gelandet.

Jedenfalls sehe ich überall runde Löcher und spitze, antennenförmige Konstrukte, die in den Himmel ragen.

Ich reibe mir die Augen und halte mir sofort wieder die Nase zu. Zu meiner Verwunderung trägt Kemal keinen Astronautenanzug. Ich auch nicht, wie ich feststelle, als ich an mir herabblicke.

Wenigstens haben sich meine Augen jetzt an das Licht gewöhnt und ich sehe klarer. Wir stehen zwischen mehreren runden Wasserbecken, in denen eine braun-graue Flüssigkeit brodelt. Dahinter sind riesige Schornsteinkonglomerate zu sehen. »Wo sind wir hier?«, frage ich Kemal. »Mordor?«

Dann erst bemerke ich den Typ im Businessanzug, der vor uns und einer Horde Rentnern steht. Da es eher unwahrscheinlich ist, dass Rentner sich auf fremde Planeten trauen, wenn viele von denen schon vorm Dönermann um die Ecke Angst haben, müssen wir uns also noch auf der Erde befinden.

Der Typ im Businessanzug erzählt gerade irgendetwas von einer der modernsten Kläranlagen Europas.

Auf Deutsch.

»Das ist nicht dein Ernst?!« Ich werfe Kemal einen Blick zu, der mindestens so giftig ist, wie diese Brühe vor uns. »Wir sind in der BASF?«

»Laut TripAdvisor ist größte Sehenswürdigkeit von Ludwigshafe. Werksbesichtigung in größte Chemiewerk der Welt.«

Ich verschränke meine Arme und halte mir trotzdem die Nase zu, was ein wenig merkwürdig aussieht. »Was machen wir in Ludwigshafen?« Zwangsläufig klingt meine Stimme ein wenig piepsig, weswegen Kemal lacht.

»Na, Junggeselleabschied.«

Ich seufze und lasse meine Nase frei atmen. Inzwischen hat sie sich ein wenig an den Gestank gewöhnt. »Ich bin hier geboren und aus guten Gründen ausgewandert.«

»Und jetzt du komme zurück.« Kemal deutet auf die Schornsteine vor uns. »Ist doch schöne, moderne Stadt.«

»Gäbe es ehrliche Werbeslogans, dann würde der meiner Heimatstadt lauten: Ludwigshafen – überraschend hässlich.«

Kemal schüttelt den Kopf. »Das nur, weil Einheimische meist blind gegenüber von Schönheit von eigene Stadt.«

»Das mag ja stimmen, wenn man auf den Malediven lebt, aber in Ludwigshafen ist das definitiv nicht der Fall.« Ich seufze. »Davon abgesehen, wer hatte denn diese blödsinnige Idee?«

»Meine neue Assistentin.« Kemal lächelt stolz. »Wenn wir hier raus, sie dir wird genau erkläre, wie sie kam auf diese perfekte Plan.«

Jetzt erst fällt mir auf, dass ich unter all den Personen, die hier herumstehen, einzig Kemal kenne. »Wo sind denn die anderen Gäste?«

»Komme später, diese Teil von Programm nix traf auf uneingeschränkte Zustimmung.«

»Das wundert mich überhaupt nicht.« Ich schaue mich um. »Wo ist Morten?«

»Hamster nix erlaubt auf Werksgelände.« Kemal legt eine traurige Miene auf. »Außer man lässt einschläfern.«

Mein Puls schnellt sofort in die Höhe. »Das würde Morten niemals tun!«

»Deswegen er musste aussteige Werkstor. Wenn George Clooney nix flüchte aus Käfig auf Werksgelände, alles okay. Wenn doch, wir müsse noch einplane für heute Abend Hamsterbegräbnis.«

Ich schlucke. »Wie lange geht diese verdammte Führung denn?«

»Habe gerade erst angefange. Aber jetzt komme gleich Highlight.« Kemal deutet auf unseren Führer, der von Umweltschutz und Nachhaltigkeit redet und weitere schönklingende, aber nichtsagende Begriffe aus dem Wortbaukasten für Chemieunternehmen herunterplappert.

Obwohl ich gar nicht müde bin, drohe ich, gleich wieder einzuschlafen.

Endlich packt er uns zurück in den Bus und wir fahren eine Station weiter. Überall raucht, dampft und qualmt es, aber wenigstens stinkt es nicht mehr so penetrant wie in der Kläranlage.

Wobei ein überdimensionierter Autoduftbaum dem ganzen Werksgelände guttäte.

Obwohl der auch Chemie ist.

Erneut steigen wir aus dem Bus, was mit den Rentnern eine Weile dauert und gehen zu einem riesigen Gebilde, das nur aus Rohren, Schornsteinen und Kesseln zu bestehen scheint. Es stellt locker alles in den

Schatten, was ich unterwegs gesehen habe. Der Führer nennt das Ding *Steamcracker* und bezeichnet es als *Herz der BASF.*

»Dann Firma habe Herz aus Stahl«, sagt Kemal und deutet auf das riesige Metallkonstrukt vor uns.

Der Führer lacht nicht mal, was im Grunde auch eine Antwort ist.

Dafür zählt er auf, was für tolle Produkte aus dem Steamcracker purzeln, nämlich die Vorstufen für Nagellack, Unkrautvernichter und Vitamine. Ich will gerade fragen, warum man für letztere Chemie braucht, wenn man auch einen Apfel essen kann, da piept mein Handy. Es ist eine SMS von Anna:

Hej, sind in Amsterdam in einem Luxushotel abgestiegen.
Ich wusste gar nicht, dass hier auch knackige Männer im Schaufenster sitzen. ☺
Hat mit George alles geklappt?
Kyss, Deine Anna

Weil ich mir vorgenommen habe, zu Anna stets ehrlich zu sein, antworte ich ihr, dass wir in Ludwigshafen gelandet sind, George mitgenommen haben und er schläft. Das hoffe ich zumindest, aber das schreibe ich nicht.

Ehrlichkeit hat schließlich seine Grenzen.

Gefühlte drei Sekunden nachdem ich geantwortet habe, kommt schon die nächste SMS:

Hab Anna ihr Handy abgenommen. Die Kommunikation zwischen dem Brautpaar ist auf einem Jungge-

sellenabschied strikt untersagt. Sollte es etwas Wichtiges geben, hörst du von mir.

Isabella.

PS: Ihr habt den verdammten Hamster mitgenommen? Seid ihr eine Krabbelgruppe oder was?

Ich stecke mein Handy weg und blicke wieder auf dieses Ungetüm aus Stahl und Rauch vor uns.

Auf einmal sehe ich, dass ziemlich weit oben am Schornstein ein blonder Mann hängt. Irritierenderweise trägt er keinen Blaumann, sondern normale Freizeitkleidung. Er klettert weiter nach oben und hängt dann ein großes Transparent auf.

Darauf steht: *Gegen eine Welt aus Plastik – Greenpeace.*

»Morten!«, rufe ich.

Und der blonde Mann auf dem Schornstein winkt mir zu.

Mannheim bei Sonnenschein entfaltet einen
ziemlich unwiderstehlichen Charme. Das wissen auch
die Menschen aus Ludwigshafen, die bloß über eine
Brücke laufen müssen, um dem Elend ihrer eigenen
Gemeinde zu entfliehen.
Jan Weiler, deutscher Schriftsteller

8

Während zwei Kletterer Morten vom Schornstein herunterholen, kommt ein Werkschützer auf Kemal und mich zu. Er bittet uns beide freundlich aber bestimmt, ihm zu folgen.

Ich bleibe so starr stehen wie einer der Betonpfeiler unter den Hochstraßen der Stadt, die frühestens nach zwanzig Jahren marode zusammenbrechen. »Warum denn?«, frage ich. »Ist doch gerade so schön hier.«

»Offensichtlich kennen Sie diesen Aktivisten.« Der Werksschützer deutet auf Morten.

»Und warum soll mein Kollege hier mitkommen?«, frage ich, deute auf Kemal und bewege mich keinen Millimeter.

Der Werksschützer schweigt. Bei Kemal reicht anscheinend schon aus, dass er nicht wie ein gebürtiger Pfälzer aussieht.

Ich stelle mich mit verschränkten Armen vor den Werkschützer. »Sie wissen schon, dass die größten Verbrechen meistens von weißen Männern verübt werden?«

Der Werkschützer nickt und deutet Richtung Morten. »Genau wie Ihr Freund.« Er schaut Kemal und mich an. »Und Sie finden meistens ein paar naive Helfer.«

»Wir haben ihm nicht geholfen«, antworte ich. »Wir wussten nicht mal, was er plant.«

»Das nicht ganz korrekt«, sagt Kemal. »Morten meinte, Aktion würde dir gefallen.«

Der Werkschützer lächelt, so als habe er das schon immer gewusst. »Also, jetzt kommen Sie bitte sofort mit, sonst bekommen Sie lebenslanges Werksverbot.«

»Sie könnten mir keinen größeren Gefallen tun.« Ich grinse demonstrativ.

Der Werkschützer seufzt. »Ich mach hier nur meinen Job. Kommen Sie jetzt bitte mit?«

»Heißt das, die Werksrundfahrt ist für uns beendet?«, frage ich.

Er nickt.

»Sagen Sie das doch gleich.« Ich strahle über beide Backen.

Kemal protestiert zwar noch, aber schließlich sieht auch er ein, dass dieser Teil des Programms nicht fortgesetzt wird und trottet mit uns zurück zum Werkstor.

Dort treffen wir auf Morten, der zu meiner Überraschung nicht in Handschellen und Zwangsjacke gesteckt wurde. Er darf das Werk unbehelligt wieder verlassen, lediglich ausgestattet mit einer Anzeige wegen Hausfriedensbruch.

Ich finde zwar, das sollte eher Schornsteinfriedensbruch heißen, aber ich verzichte auf diese Wortmeldung. Zumal Kemal Morten als Erstes in Beschlag nimmt. »Haben dich gefoltert?«, fragt Kemal besorgt.

»Quatsch, die haben mir einen Kaffee angeboten.«

Kemal schlägt die Hände über dem Kopf zusammen. »Mit K.-o.-Tropfe drin? Wie bei geheime Geheimtrick von türkische Geheimdienst?«

»Nee, mit Milch«, antwortet Morten.

»Na, dann ist ja alles in Butter«, sage ich. »Bleibt nur eine Frage: Wo ist George?«

»Sorry noch mal«, antwortet Morten. »Aber wenn ich schon hier bin, musste ich ins Herz der Chemiemafia stoßen.«

»Das hat sie ganz empfindlich getroffen«, entgegne ich, doch so wie Morten mich anstrahlt, scheint er die Ironie gar nicht bemerkt zu haben. »Also noch mal, wo ist George Clooney?«, frage ich.

Morten deutet auf ein Gebäude neben dem Werkstor: »Die Damen am Empfang wollten auf ihn aufpassen.«

»Du hast meinen Hamster der Chemiemafia überlassen?«

Morten zuckt mit den Schultern.

»Hast du noch nie von Tierversuchen gehört?«, frage ich und kaum habe ich die letzte Silbe ausgesprochen, spurtet Morten schon in Richtung des Empfangs.

Kurz darauf kommt er wieder, einen Käfig mit einem quickfidelen Hamster in der Hand.

Erleichtert atme ich aus, streiche George über das Fell und stecke ihm ein Stückchen Karotte aus meinem Reiseproviant zu, das er begeistert verschlingt.

»Was ist, wenn die habe gemacht Gehirnwäsche mit Hamster?«, fragt Kemal.

Ich winke ab, Morten winkt ab und dann lacht Kemal. »Kleines Scherz, sind ja nicht in Türkei hier.«

Wir verlassen das Werk und gehen in Richtung des Besucherparkplatzes.

»Wie geht es jetzt weiter?«, frage ich Kemal.

»Am beste, du und meine Assistentin diskutiere gemeinsam.« Kemal deutet auf seinen Mercedes, der auf dem Besucherparkplatz steht. »Ich euch lass beide allein.«

Er geht zu seinem Wagen und ich folge ihm. Vor dem Auto steht allerdings keine Frau und ich sehe darin niemanden auf der Rückbank sitzen und auch nicht auf dem Beifahrersitz oder Fahrersitz.

Kemal öffnet die Tür zu den Rücksitzen.

Dort sitzt keine Frau.

Nur ein Lautsprecher, der aussieht wie eine Thermoskanne mit Löchern.

9

Ich blicke Kemal irritiert an. »Willst du mir erzählen, dass ein Ding aus Plastik und Schaltkreisen meinen Junggesellenabschied organisiert hat?«

Kemal nickt. »Alexa wisse alles über dich.«

»Wie das denn?«

»Bei letzte Treffe von Arbeit ich mir deine Laptop geschnappt und Date an Alexa übertrage. Und jetzt sie dich kenne besser als du selbst.«

Ich schaue Kemal skeptisch an. »Was für Daten denn?«

»Gibt türkische Hackerprogramm, wo speichere alle deine Suchanfrage in Internet und sende an Alexa, damit sie genau wisse, was du wolle.«

»Ein türkisches Hackerprogramm?«

»Okay, ist russisches Hackerprogramm, was wurde erweitert, damit bei Suche nach Döner bekomme vorgeschlage meine Lieferservice, aber das funktioniere tiptopf.«

Ich seufze. »Es heißt tipptopp.«

Kemal schüttelt den Kopf. »Nein, sie heiße Alexa. Stammt, glaube ich, aus Südamerika, von Amazonas.«

Ich seufze schon wieder. »Wie bist du denn auf *die* bekloppte Idee gekommen?«

Kemal schaut mich enttäuscht an. Vielleicht hätte ich mir das Wörtchen bekloppt sparen sollen. »Ich hab gefragt Freunde von dir und einer hatte Idee. Ich fand Idee gut«, sagt er schließlich kleinlaut. »Weil ich stamme Anatolie. Du komme aus Ludwigshafe-Oggersheim. Wir beide komplett anderes Kultur. Wie ich soll wisse, was dir gefällt? Alexa wisse besser.«

»Und Alexa kommt nicht aus einer anderen Kultur?« Ich deute auf diese Thermoskanne mit Löchern. »Sie ist ein Computer! Und wir beide sind immer noch Menschen.« Ich atme tief aus. »Außerdem wurde sie in Amerika programmiert, das ist etwas weiter weg als Anatolien.«

»Aber ist genauso prüde.«

Ich seufze erneut. »Na, das ist ja auch die wichtigste Voraussetzung für einen Junggesellenabschied.«

»Du nur müsse rede mit ihr, dann du werde verstehe, warum ist meine neue Assistentin.« Kemal grinst mich stolz an.

»Ich red nicht mit dem Blechding. Niemals.«

»Ist kein Blech, ist Plastik.«

»Und wenn das Ding aus Gold wäre, würde ich nicht mit ihm reden.«

»Ist eine Frau. Weil heißt Alexa.«

Ich seufze erneut.

»Guckst du mal, Matthias«, sagt Kemal. »Du habe dich damals verliebt in virtuelle Assistentin wo heißt *Anna von IKEA*. Also ich dachte, wer kann besser organisiere Junggeselleabschied als neueste virtuelle Assistentin wo gibt?«

Wie meistens hat Kemal recht. Andererseits habe ich jahrelang nicht mal ein Handy besessen, lebte quasi hinter dem Mond und war glücklich damit. Heute hingegen kann ich mir das Leben ohne Smartphone gar nicht mehr vorstellen.

Aber bin ich damit auch glücklicher?

Kemal legt mir den Arm um die Schulter. »Ich wollte alles richtig mache mit Junggesselleabschied«, sagt er. »Weil du wichtiges Freund.«

»Ist schon gut«, nicke ich. »Aber manchmal glaube ich, wir machen uns zu abhängig von der Technik.«

»Aber auch mache Spaß«, sagt Kemal. »Du Alexa einfach stelle ein paar Frage und wenn Antworte nix gut, wir schmeiße ihr Programm über Haufe und mache alles selbst, okay?«

Ich nicke und steige in den Mercedes.

»Sag einfach *Alexa* und sie dir höre zu«, sagt Kemal und setzt sich auf den Fahrersitz.

»Alexa?«, frage ich vorsichtig.

»Hallo, Matthias«, antwortet eine weibliche Stimme. Man merkt, dass sie von einem Computer stammt, allerdings nur, wenn man genau hinhört. »Ich bin froh, dass wir uns endlich kennenlernen«, sagt sie. »Ich habe schon so viel von dir gehört.«

Bei einem Menschen würde ich mich jetzt in Small Talk versuchen, aber bei einem Computer kann ich den Sinn nicht erkennen. »Alexa, warum findet unser Junggesellenabschied in Ludwigshafen statt?«

»Ich habe die Adressen aller Teilnehmer ausgewertet und die kürzeste Anreise für alle Gäste errechnet, sowie die längste für dich, weil du nicht daheim feiern möchtest.«

Ich schließe die Augen. »Alexa, lass mich raten, das Resultat war Ludwigshafen.«

»Exakt«, sagt Alexa.

»Aber ich bin hier geboren!«

Kemal blickt vom Fahrersitz zu mir nach hinten. »Sie dich nur registriere, wenn du anspreche mit Name.«

»Aha, ist sie doch so clever«, sage ich. »Also, Alexa, ich bin in Ludwigshafen geboren.«

»Das war mir bewusst.«

»Es war dir bewusst?«, frage ich. »Alexa, bist du dir im Klaren, was ein Junggesellenabschied ist?«

»Es ist der Abschied von deinem bisherigen Leben. Also quasi deine Beerdigung. Und lassen Menschen sich nicht meistens daheim, in der Nähe von Freunden und Familie beerdigen?«

Unwillkürlich nicke ich. Das Ding hat irgendwie recht und wieder auch nicht. Computerlogik eben.

»Alexa, wer ist denn alles eingeladen?«, frage ich.

»Morten, Video-Paule, Osram-Huber ...«

»Alexa, du hast meinen ehemaligen Chef eingeladen?«

»Seine Nummer stand in deinem Adressbuch.«

»Alexa, ich bin aber nicht mit ihm befreundet!«

»Das stand nicht in deinem Adressbuch.«

Ich seufze. »Alexa, und wer kommt noch?«

»Deine Eltern.«

Ich schaue das Ding irritiert an. »Alexa, warum hast du meine Eltern zu meinem Junggesellenabschied eingeladen?«

»Sie gehören zur Familie, oder?«

»Alexa, dann hast du also auch meine zukünftige Braut eingeladen?«

»Mist, hab ich vergessen«, sagt sie. »Nein, kleiner Scherz. Gemäß menschlichen Gepflogenheiten feiert man einen Junggesellenabschied ohne Braut.«

»Na immerhin, Alexa«, seufze ich. »Und wo fahren wir jetzt hin?«

»Da kann ich nur mit Rudi Carrell antworten: Lass dich überraschen.«

Ich bin nicht der Typ zum Heiraten.
Antwort von Alexa auf die Frage:
Alexa, willst du mich heiraten?

10

Kemal blickt wieder vom Fahrersitz zu mir nach hinten. »Ist tolles Assistentin, oder?«

»Beeindruckend«, antworte ich.

»Also, mache wir, was sie hat geplant? Wird dir bestimmt gefalle.«

»Ist es sicher, dass dem Hamster nichts geschehen wird?«, frage ich. »Und unserem Schornsteinkletterer auch nicht?«

Kemal zuckt mit den Schultern. »Lebe ist keine Waschmaschine, wo gibt Garantie.«

»Es war ein Geschirrspüler«, sage ich.

»Was?« Kemal blickt mich fragend an.

»Egal«, sage ich. »Also gut, machen wir, was Alexa sich ausgedacht hat.«

Kemal winkt Morton zu sich, der steigt samt Hamster auf den Beifahrersitz und kurz darauf gibt Kemal Gas.

Und so fahren wir dahin, ein türkischer Fliesenleger- und Dönersuppenfabrikant, ein schwedischer Umweltaktivist mit Affinität für Wale und einem Hamster im Gepäck, plus eine virtuelle Assistentin, die angeblich alles über mich weiß und Kemal durch die Hochstraßen Ludwigshafens navigiert.

Plus ich natürlich, Matthias Käfer, ehemaliger Vollzeitsingle sowie Bankkaufmann auf Bewährung und jetzt Werbetexter und Verlobter.

Gerade als ich diese Reise ins Ungewisse zu genießen beginne, piepst mein Handy.

Es ist eine Nachricht von Anna, also wahrscheinlich von Stella. Die Nachricht besteht nur aus einem Foto. Genaugenommen ein Foto eines Arschgeweihs zwischen pinken Hotpants und pinkem Top, natürlich in perfekt abgestimmter Farbgebung.

Bevor ich eine Antwort getippt habe, klingelt schon mein Telefon. Obwohl ich das Schlimmste befürchte, oder gerade deswegen, nehme ich das Gespräch an. »Hi, hier ist Isabella«, höre ich. »Du musst deine Kamera aktivieren, dann siehst du mich auch.« Ich nehme mein Handy vom Ohr, blicke darauf und sehe tatsächlich Isabella. »Zeig mir mal den Hamster, Anna hat irgendwie bad feelings, dass es ihm nicht gutgeht.«

Keine fünf Minuten später habe ich die Videoaufnahme auch bei mir aktiviert und filme George, wie er ein Salatblatt massakriert, das Morten ihm zugesteckt hat.

»Ist das ein Mercedes?«, fragt Isabella. »Hat es nicht für eine Stretchlimousine gereicht?«

»Brauchen wir nicht, wir sind bisher nur zu viert«, antworte ich, wobei mir selbst nicht klar ist, ob ich nun George oder Alexa mitgezählt habe.

»Egal, wir sind grad im weltbesten Tattoo-Studio«, sagt Isabella. »Anna muss mein Tattoo unbedingt auch haben, als Symbol für unsere Friendship, aber sie meint, ich solle dich fragen. Ist total super, oder?«

Ich schlucke. »Das war schon Ende der Neunziger total out.«

»Ja krass, voll retro, oder?«

Ich seufze. Vor allem, weil *Arschgeweih* noch die harmloseste Umschreibung für ein Steißtattoo ist, die ich kenne. Spontan fallen mir noch *Tussilenker*, *Schlampenstempel* und *Hinterausgangsbeschriftung* ein.

Selbst wenn man ein Steißtattoo ästhetisch ansprechend findet, ist man damit gebrandmarkt für ein ganzes Leben, ähnlich wie mit dem Namen Kevin, Chantale oder David Hasselhoff.

Das kann ich Isabella allerdings schlecht sagen, da ich sie damit unweigerlich beleidige, schließlich trägt sie so ein Ding. Also versuche ich es diplomatischer. »Anna ist doch mehr der natürliche Typ, oder?«

»Deswegen ist das ja auch ein *Tribal* und kein Bagger.«

»Wer lässt sich denn einen Bagger tätowieren?«

Isabella blickt mich entrüstet an. »Richtige Männer finden den an meiner Fußfessel schön. Und sie verstehen die Anspielung.«

Da ich befürchte, dass ich die Anspielung auch verstehe, frage ich nicht nach.

»Oder findest du ein Ganzkörpertattoo besser?«, fragt Isabella und sieht dabei so ernst aus, dass es sich offensichtlich nicht um einen Scherz handelt.

»Ich finde gar kein Tattoo am besten. Schließlich hat man das ein Leben lang. Das sollte also gut überlegt sein.«

»Dich hat sie auch ein Leben lang. Und jetzt mal ehrlich, was ist schlimmer?«

»Es geht doch nicht darum, was am schlimmsten ist!« Irgendwie macht mich diese Isabella della Stella aggressiv. Aber da sie Annas Trauzeugin ist, versuche ich es noch einmal auf die freundliche Art. »Wie soll Anna denn den Junggesellinnenabschied genießen, wenn sie stundenlang im Tattoo-Studio liegt und dann nicht mal an die Sonne kann?«

»Stimmt«, antwortet Isabella. »Wir haben März. Da ist die Sonne viel zu schwach, vielleicht sollten wir danach noch in ein Kosmetikstudio und ihr Schnellbräuner verpassen.«

»Das ist Chemie pur!«

»Passt doch, ich habe gehört, ihr seid in Ludwigshafen?« Isabella blickt mich mit abfälligem Gesichtsausdruck an. »Wie auch immer, ich habe dir bei Facebook eine Freundschaftsanfrage geschickt. Die nimmst du am besten an, dann siehst du, wie es geworden ist.«

»Kein Schnellbräuner! Und kein Tattoo!«

»Notfalls kann sie ja wieder drüber tätowieren oder Bleichmittel verwenden.«

Ich schüttle heftig den Kopf. »Kein Arschgeweih!«, rufe ich.

Kemal und Morten blicken mich irritiert an.

»Anna ist eine selbstbestimmte Frau, sie wird schon wissen, was für sie am besten ist«, sagt Isabella und kurz bevor sie auflegt, höre ich noch das Kreischen einer Tattoo-Nadel.

Vielleicht war es auch eine kreischende Frau, aber das werde ich wohl nie erfahren. Oder zumindest nicht vor Ende dieses Wochenendes.

Selbstzerstörung in 10, 9, 8, 7, 6, 5, 4, 3, 2, 1 – Bum.
Hm, das ist nicht nach Plan verlaufen.
***Antwort von Alexa auf den Befehl:
Alexa, Selbstzerstörung.***

11

»Warum du wolle verbiete Anna Tattoo?«, fragt mich Kemal. »Ist doch ihre Entscheidung.«

»Natürlich ist es das«, sage ich, drücke auf meinem Handy herum und nehme Isabellas Freundschaftsanfrage an. Eigentlich habe ich gar keine Lust dazu, aber wahrscheinlich nimmt sie es mir übel, wenn ich das nicht tue.

Im Grunde ist dies das Erfolgsprinzip von Facebook.

Ich schaue dort nach, aber Isabella hat bisher nichts vom Tattoo-Studio gepostet, sondern nur von irgendwelchen halbnackten Männern hinter Glasscheiben. Schnell lege ich das Handy weg.

»Also, was dir nicht passe an Arschgeweih?«, fragt Kemal. »Ich finde schön an schöne Frau.«

»Die Trauzeugin von Anna hat mich um meine Meinung gefragt. Dann sollte ich die auch sagen dürfen, oder?«

»In Türkei ist manchmal anders.«

»Außerdem hatte ich den Eindruck, dass es gar nicht Annas Entscheidung ist, sondern die von dieser Isabella della Stella.«

»Das in Türkei auch so. Obe wird entschiede und du müsse sage: Ich habe auch gewollt. Daher ich bin hier in Deutschesland. Hier wird obe nix entschiede und du dürfe sage: Das hab ich nix gewollt.«

Morten und ich müssen lachen und gerade als mir der Junggesellenabschied zu gefallen beginnt, sehe ich, wo unser Mercedes anhält.

In der Nähe der nicht existenten Innenstadt von Ludwigshafen, vor einem unförmigen Betonklotz mit geschätzt fünfhundert Wohnzellen samt Alibi-Balkonen und der Leuchtreklame einer Lokalzeitung auf dem Dach. Das sogenannte *Mosch-Hochhaus*.

Seit Jahrzehnten ist es das Hochhaus mit dem schlechtesten Ruf in ganz Ludwigshafen. Wer die Stadt kennt, weiß, wie schwer es ist, diese Position zu erlangen und über Jahrzehnte zu verteidigen.

Im Grunde ist das auch schon wieder eine bemerkenswerte Leistung.

Vielleicht hat die Regionalzeitung deswegen die Leuchtreklame auf dem Hochhaus anbringen lassen, weil das Mosch-Hochhaus ein ständiger Quell unterschiedlichster Nachrichten ist.

Welches Gebäude kann schon von sich behaupten, ein Altersheim, ein Puff oder eine leerstehende Bausünde zu sein? Und das alles gleichzeitig.

Gewissermaßen ist das Hochhaus auch eine Ludwigshafener Sehenswürdigkeit. Allerdings keine, die ich besichtigen möchte.

»Was machen wir hier?«, frage ich Kemal.

Er steigt aus dem Mercedes und öffnet mir die Fondtür. »Ist unser Neunsternehotel, was hat Alexa gebucht mit Luft Bnb.«

»Neun Sterne?« Ich blicke Kemal skeptisch an. »Selbst die besten Hotels in Katar haben nur sieben Sterne. Und davon sind zwei noch dazugemogelt.«

Kemal zuckt mit den Schultern. »Dafür wir haben ganze Etage gemietet, direkt unter Dach. Mit beste Aussicht von ganze Stadt.«

»In dieser Stadt ist eine Aussicht auf die Stadt ein klarer Nachteil«, sage ich. »Außer man findet es schön, wenn man auf das größte Chemiewerk der Welt blicken kann, die Müllverbrennung und die benachbarten Atomkraftwerke.«

Kemal stellt sich mit verschränkten Armen vor mich. »Warum du so negativ?« Er blickt mich traurig an. »Ist deine Heimatstadt. Wenn dir nicht passt, du müsse mache besser. Aber was du gemacht? Abgehaue nach Schwede.«

Die Bemerkung von Kemal trifft mich so sehr, dass ich den ganzen Weg durch das mit Graffiti nur unwesentlich verschönerte Betonfoyer schweige. Währenddessen transportieren wir Kästen voller Bier, Sekt und Erdnussflips, die Kemal im Kofferraum des Mercedes gebunkert hat. Wir packen alles in den baufälligen Lift und ich schweige immer noch, als wir im obersten Stockwerk anrumpeln.

Kemal führt uns vor eine Eingangstür, die überraschend neu aussieht, davor prangt ein Nummernfeld zur Eingabe eines Zahlencodes. »Alexa, schaue nach Nummer, was stehe in Mail von Herr Drump.«

»0621324587«, antwortet Alexa, wie aus der Pistole geschossen.

Kemal nickt zufrieden. »Ohne Alexa ich Zettel mit Türcode bestimmt verlegt. So aber wir habe alles, was brauche.«

»Und was machst du, wenn du Alexa verlegst?«, fragt Morten.

Kemal deutet auf eine Bauchtasche, in der Alexa steckt. »Ich nix verlege. Von jetzt an gehöre sie immer zu mir.«

Wäre Alexa eine Frau, würde sie jetzt sicher rot anlaufen.

Kemal lässt sich den Türcode noch einmal wiederholen, da er ihn inzwischen vergessen hat. Ging mir auch so, nur Alexa weiß ihn natürlich noch. Kemal gibt die Zahlenfolge ein, doch das kleine Licht am Eingabefeld leuchtet rot.

»Hm«, sagen Morten, Kemal und ich im Chor.

Kemal probiert es noch mal, ohne Erfolg.

»Alexa, steht in Mail von Herr Drump noch andere Nummer?«

»8524«, antwortet Alexa.

»Dann anderes war Telefonnummer«, sagt Kemal, gibt die neue Zahl ein und die Tür öffnet sich tatsächlich.

Mir fallen beinah die Augen aus den Gucklöchern, denn die Wohnung ist riesig. Im Wohnzimmer steht ein massiver Granittisch, an dem zwei Fußballmannschaften Platz nehmen könnten.

Überall sind Fenster, die in Las Vegas nicht größer sein könnten.

In jeder Ecke stehen Möbel aus den Siebzigern, dazu diverse afrikanische Holzskulpturen, die Betten sind so breit, dass eine Großfamilie darin übernachten könnte. Oder zwei Fast-Food-Junkies aus dem Land der unbegrenzten Hüftumfänge.

Beeindruckt blicke ich mich um.

»Und?« fragt Kemal. »Ich habe zu viel versproche?«

Ich schüttle den Kopf. »Sorry, das war das letzte Mal, dass ich mich über Alexa beschwert hab.«

Kemal lächelt zufrieden. »Jetzt du dich erst mal setze in Chefsessel.« Er deutet in einen Rundschalensitz aus orangenfarbener Hartplastik, der trotz oder gerade wegen seines Alters ziemlichen Charme versprüht. Wahrscheinlich auch irgendwelche Bakterien, wenn man sich draufsetzt, aber das ist mir nach all der Schlepperei egal und ich lasse mich in den Sessel fallen.

Ich falle so weich, wie das auf Hartplastik nun mal möglich ist.

Während ich da so sitze, räumen Kemal und Morten die Getränke in den Kühlschrank, der in der Küche steht und auch US-Format hat. Die Erdnussflips verteilen sie in die bunten Rauchglasschalen auf dem riesigen Granittisch.

Ich lege die Karotten für George Clooney den Zweiten in den Kühlschrank, setze mich wieder, nehme mir ein paar Flips und mustere die afrikanischen Skulpturen.

Die erste stellt eine nackte Frau dar, die einen Bastkorb auf dem Kopf trägt.

Die nächste balanciert einen Wasserkrug auf dem Haupt und ist ebenfalls nackt.

Die dritte trägt einen Bastkorb *und* einen Wasserkrug auf dem Kopf und ist – wer hätte das gedacht – nackt.

Weiter komme ich nicht, denn Kemal stellt sich vor mich. »Ich gute und schlechte Nachricht«, sagt er. »Was du wolle höre zuerst?«

»Erst die gute Nachricht«, sage ich.

»Bleibt mehr zu trinke für uns.«

»Was?« Ich blicke Kemal irritiert an. »Und was ist die schlechte Nachricht?«

»Osram-Huber nix kann komme. Hat Durchfall.«

Es klingelt an der Haustür. »Du bleibe sitze in Chefsessel«, sagt Kemal. »Ich hole Gäste.«

Ein paar Minuten später, als ich in den Sonnenuntergang blicke, der zu meiner Überraschung über der Stadt gar nicht so schlecht aussieht, beginne ich mich wieder mit dem Junggesellenabschied zu arrangieren.

Ich bin hier mit meinen Freunden und schlimmer als mit dem Besuch in der BASF kann es nicht mehr werden.

Es schleicht sich gerade ein Lächeln in mein Gesicht, als Kemal freudestrahlend auf mich zu stolziert. Ihm folgen ein grauhaariger Mann in den Siebzigern mit einem Bauch wie einer Waschtrommel und eine schlanke Fünfzigjährige, an der nicht mal die Haarfarbe echt zu sein scheint. Die riesigen Brüste, die unter dem ebenfalls riesigen Ausschnitt ihres schwarzen Abendkleids hervorschauen, sind es jedenfalls nicht, es sei denn, sie ist ein anatomisches Wunder.

»Schau mal, Matthias.« Kemal deutet auf die beiden. »Deine Eltern seie angekomme.«

Ich blicke erst Kemal konsterniert an, dann den Mann und die Frau vor mir und dann wieder Kemal. »Das ... das sind nicht meine Eltern!«

12

Ich bitte die beiden Fremden kurz zu warten und nehme Kemal mit in die Küche, damit sie unsere Diskussion nicht mitbekommen. »Kemal, das sind nicht meine Eltern!«

Er zuckt mit den Schultern und deutet auf diese Thermoskanne mit Löchern, die er in seiner Bauchtasche mit sich führt. »Das musst du Alexa sagen, sie hat beide eingelade.« Er reicht mir das Ding und verschwindet in Richtung Wohnzimmer.

Unwillig blicke ich den Lautsprecher an. »Alexa, das sind nicht meine Eltern!«

»Deine Eltern waren nicht in deinem Adressbuch. Also habe ich zwei Personen mit den Namen Karina Käfer und Eduard Käfer aus Ludwigshafen eingeladen.«

»Alexa, die beiden sehen nicht aus wie ein Ehepaar, die wohnen sicher nicht an der gleichen Adresse.«

»Das hielt ich für wahrscheinlicher als den umgekehrten Fall«, antwortet Alexa. »Schließlich werden in Dänemark siebenundfünfzig Prozent der Ehen geschieden.«

»Alexa! Ich wohne aber nicht in Dänemark! Und meine Eltern auch nicht.«

»Die neuesten Zahlen für Deutschland lagen mir leider nicht vor, also habe ich die für Dänemark genommen.«

»Warum nicht gleich Afghanistan? Das steht im Alphabet ganz vorn.«

Natürlich reagiert Alexa nicht auf meine Bemerkung, denn ich habe sie nicht angesprochen. Den Trick muss ich mir merken, wenn ich mal wieder Mist gebaut habe und nicht antworten will.

»Alexa, ich kenne die Telefonnummer meiner Eltern auswendig. Und ihre Adresse auch. Warum also hätte ich sie in mein Adressbuch aufnehmen sollen?«

»Damit ich die richtigen Personen einlade?«

Ich seufze und linse ins Wohnzimmer. »Aber, Alexa, schau sie dir doch mal an! Die sind mir null ähnlich.«

»Ich habe nur ein Sprachinterface, Bilddaten kann ich zwar wiedergeben, aber nicht verarbeiten.«

»Alexa, so wie meine angebliche Mutter aussieht, ist die nicht mal fünfzig. Und ich bin sechsunddreißig.«

»Biologisch ist es möglich, dass sie deine Mutter ist.«

»Ist sie aber nicht!«

»Entschuldigung, dürfen wir jetzt mal reinkommen?«, ruft es von der Tür.

Ich gehe zu den beiden Fremden. »Entschuldigung, das ist doof gelaufen. Das ist mein Junggesellenabschied und Sie sind beide versehentlich eingeladen worden. Tut mir leid und auf Wiedersehen.«

Ich will meine vorgeblichen Eltern zur Tür hinausschieben, doch der Mann bleibt einfach stehen. »Ich bin eingeladen worden, also feiere ich auch. Ich war noch nie auf einem Junggesellenabschied und das lass ich mir nicht nehmen.« Er geht einfach an mir vorbei. »Wo ist der Kühlschrank?«

Verdutzt blicke ich ihm hinterher. »Ich würde die Party sicher auch bereichern«, sagt die Frau und reckt ihre Betonbrüste nach vorn. Ihre Stimme klingt rauchig, hat einen frivolen Unterton. »Jüngere Männer stehen auf reifere Damen, oder?«

»Sind Sie überhaupt verheiratet?« Ich deute auf den Mann, der in Richtung Kühlschrank verschwunden ist.

Die Frau schüttelt den Kopf. »Ich hab den alten Sack unten vor dem Lift getroffen. Wegen mir können Sie den rausschmeißen, solange ich dableiben kann.« Dann geht auch sie an mir vorbei.

Ich schaue wieder auf Alexa. »Alexa, seit wann werden eigentlich Frauen bei einem Junggesellenabschied eingeladen?«

»Ich bin so programmiert worden, dass ich die Gleichberechtigung der Geschlechter achte. Du etwa nicht?«

»Das hat damit gar nichts zu tun!«, sage ich, doch im Grunde rede ich mal wieder nur mit mir selbst.

Im nächsten Moment klingelt es wieder an der Tür.

»Wen hast du noch eingeladen, Alexa?«, frage ich. »Vielleicht meine Klassenlehrerin aus der Grundschule, die schon damals fand, ich werde es nie zu etwas bringen?«

»Wie heißt sie denn?«

»Frau Jaross.«

»Hilde Jaross?«

Ich nicke, obwohl das bei Alexa rein gar nichts bringt. »Ja«, antworte ich schließlich.

»Ist erledigt, Einladung ist raus.«

Ich blicke Alexa ungläubig an. »Ich habe doch gar nicht Alexa gesagt, um dich zu aktivieren?«

»Das stimmt«, sagt Alexa. »Aber ich höre natürlich trotzdem immer mit.«

»Immer?«

»Natürlich, wie sollte ich sonst merken, wenn du meinen Namen sagst? Obwohl du es eben vergessen hast, habe ich deinen Befehl trotzdem ausgeführt. Toll, oder?«

Ich seufze. »Lad meine Grundschullehrerin wieder aus.«

Doch Alexa bleibt stumm.

»Alexa, lad sie wieder aus!«

»Wen denn?«

»Kemal!«, rufe ich. »Ist es ein großes Problem, wenn ich Alexa an die Wand werfe?«

13

Kemal kommt angerannt. »Warum du wolle meine Alexa werfe an Wand? Sie unschuldig wie kleines Kind!«

»Kemal, was hast du für Software auf dem Teil installiert? Die führt ein Eigenleben!«

»Nur diese türkische Hackerprogramm. Sorgt nicht nur für Bestellung von Döner bei mir, sondern mache Alexa auch hundertmal schlauer.« Er winkt ab. »Aber ich nix geglaubt, hab gedacht, ist sicher nur gelogene Werbeverspreche wie du erfinde, damit Leute kaufe meine Produkte.«

»Ich erfinde keine Werbeslogans, die gelogen sind.« Ich räuspere mich. »Da ist immer eine Menge Wahrheit dabei.« Ich räuspere mich noch mal. »Also wenigstens ein Fünkchen.«

Es klingelt erneut an der Tür und nur weil ich mir sicher bin, dass das nicht schon meine Grundschullehrerin sein kann, drücke ich auf den Türöffner.

Kurz darauf steht ein riesiger Lampenschirm in der Tür, wie man ihn aus Fotoshootings kennt. »Kannst du mal tragen helfen?«, fragt er.

Ich überlege kurz, ob ich irgendwelche bewusst-
seinszerstörenden Substanzen zu mir genommen
habe, dann erst erkenne ich Video-Paule hinter dem
Lampenschirm. Er trägt einen Kopfhörer mit vorge-
schaltetem Mikrofon.

»Hallo, Paul«, begrüße ich in.

»Nimmst du mir das Ding jetzt ab? Ist sackschwer!«

Ich packe den Lampenschirm samt Stativ und trage
ihn ins Wohnzimmer. Video-Paule kommt mir mit
einem zweiten Schirm hinterher und deutet auf eine
Menge Gerätschaften, die vor der Tür stehen. »Hol das
mal, ich bau derweil auf.«

Ich nehme die erste Ladung Stative und lege sie vor
Paul ins Wohnzimmer. »Was gibt das, wenn es fertig
ist?«

Video-Paule lächelt mich stolz an. »Der am besten
dokumentierte Junggesellenabschied aller Zeiten.«

»Ich weiß nicht, ob wir so viel erleben werden«, sage
ich. »Auf mehr als dreißig Sekunden Zusammenfas-
sung würde ich mich nicht einrichten.«

»Mach dir da mal keine Sorgen.« Video-Paule lächelt
irgendwie diabolisch, so als sei er der Joker. Das ist er
natürlich nicht, weswegen das alles unfreiwillig komisch aussieht und ich beinah lachen muss. »So, jetzt
hol das andere Zeug«, befiehlt Paul. »Wir liegen schon
hinter dem Drehplan zurück.«

Kaum habe ich alles angeschleppt und nach Anweisung von Paul aufgebaut, stellt der sich breitbeinig vor
eine der Fensterfronten. »Jetzt mal im Ernst: Ist das
ein geiles Penthouse? Zwanzigster Stock. Ludwigshafen rulez! Super Setting, super Regisseur, super äh ...

na ja, Nachwuchsschauspieler.« Er schaut mich an. »Mit der richtigen Unterstützung wird das schon.«

Ich deute auf seinen Kopfhörer mit Mikrofon. »Was soll das mit dem Headset?«

»Das haben alle erfolgreichen Regisseure. Ist mein Talisman.«

Ich lächle ihn an, wie man einen Dreijährigen anlächelt, der einem erklärt, dass er ab jetzt nur noch Zuckerwatte essen wird, sein ganzes Leben lang.

»Ich hab dir zur Feier des Tages was mitgebracht.« Video-Paule holt eine Keksdose heraus. »Ganz leckere Cookies. Hab ich selbst gebacken.«

Er hält mir die Keksdose hin und weil mir in dem Moment auffällt, dass ich seit dem Morgen bis auf eine Handvoll Erdnussflips noch nichts gegessen habe, nehme ich einen dieser Cookies.

Zu meiner Überraschung schmeckt das Ding wirklich lecker. »Die hast du echt selbst gebacken?«

»Klar«, sagt Video-Paule. »Für irgendwas müssen die ganzen Fernsehkochsendungen ja gut sein, die ich mir in der Videothek anschaue, wenn gerade keine Kunden da sind.«

»Also im Grunde rund um die Uhr?«, will ich gerade antworten, da klingelt es erneut. »Wenn das meine Grundschullehrerin ist, dann schmeiß ich dich aus dem Fenster!«, rufe ich in Alexas Richtung, die tut allerdings mal wieder so, als habe sie mich nicht gehört.

Ich gehe an die Tür und noch bevor ich auf den Summer gedrückt habe, öffnet sie sich.

Ein Mann Mitte fünfzig in einem schwarzen Anzug steht in der Tür, er trägt ein weißes Hemd, eine rote

Krawatte und ein blondes Toupet, das so unecht aussieht, als habe er es in einem Ein-Euro-Laden gekauft. »Was ist denn hier los?«, fragt er.

»Privatparty«, antworte ich und will die Tür zuschieben.

Der Mann stellt seinen Fuß in die Tür. »Ich glaub, da habe ich ein Wörtchen mitzureden.«

Ich seufze. »Sagen Sie bloß, Sie sind auch eingeladen?«

Der blonde Toupettyp schüttelt den Kopf. »Nein, ich wohne hier.«

Ein Computer kann alles besser, auch Fehler machen.
__Erhard Blanck, deutscher Schriftsteller und Maler__

14

Der Toupettyp drängelt sich an mir vorbei in die Wohnung. »Wenn Sie meine wertvollen Skulpturen auch nur angefasst haben, ist die Hölle los!« Er lässt mich stehen, als sei ich aus Luft.

»Kemal!«, rufe ich. »Du hast doch die Wohnung gebucht, oder?«

Kopfschüttelnd kommt er zu mir. »Ich nix gebucht, aber Alexa hat.«

»Alexa!«

»Ja, Matthias, wie kann ich dir helfen?«

Als ob diese Thermosflasche mit künstlicher Intelligenz das nicht genau wüsste, wenn sie ständig mithört. »Für welches Datum hast du diese Wohnung gebucht?«

»Sonntag, 14. Mai bis Montag ... äh, Moment. Für dieses Wochenende.«

Ich mustere Alexa, was nichts bringt, da sie weder rot werden noch schuldig dreinblicken kann. »Du hast für den falschen Tag gebucht!«, sage ich.

»Das kann nicht sein, Computer machen keine Fehler«, antwortet Alexa.

»Und was ist dann ein Bug?«

»Ein Programmierfehler. Und wer hat mich programmiert? Ein Mensch oder ein Computer?«

Da ich keine Lust auf eine philosophische Diskussion mit einem Stück Silizium habe, lasse ich Alexa stehen und gehe zu dem Toupettyp. Er steht inzwischen im Wohnzimmer und blickt interessiert auf das Filmequipment, das Video-Paule angeschleppt hat. Daneben steht Morten mit dem Käfig, in dem George Clooney der Zweite gerade eine unschuldige Petersilie köpft, gefilmt von Video-Paule. »Geil«, ruft dieser. »Mit Splatter-Musik in Großaufnahme wird das voll der Horrorschocker.«

Ich stelle mich neben den Toupettypen und reiche ihm die Hand. »Entschuldigung, ich habe mich noch gar nicht vorgestellt. Matthias Käfer, ich feiere hier meinen Junggesellenabschied.«

»Dieter D. Drump«, sagt der Toupettyp und kann selbst bei diesen zweieinhalb Worten sein tiefstes Pfälzisch nicht verbergen. »Aus Kallstadt. Sie wissen schon, der Stadt aus der Heinz-Ketchup und Donald Trump stammen. Natürlich ein Verwandter von mir. Und das hier ...« Er breitet seine Arme aus. »Ist das Glanzstück meines Immobilienimperiums.«

»Sehr interessant«, antworte ich, obwohl mich das nicht die Bohne interessiert. »Kann es sein, dass wir die Wohnung ab morgen gebucht haben?«

Er nickt. »Ja, ab da bin ich auf Geschäftsreise.« Er räuspert sich. »Meine Immobilien auf Mallorca.« Er tut gestresst, reibt sich die Stirn. »Da muss man ständig nach dem Rechten schauen.«

»Dann fliegen Sie am besten heute schon, oder?«

»Das könnte Ihnen so passen. Ich bleibe heute Nacht hier.« Drump versucht einen Blick in Richtung Küche zu erhaschen. »Anscheinend muss ich hier ebenso nach dem Rechten schauen.«

»Ganz bestimmt nicht«, sage ich.

»Das lassen Sie mal meine Sorge sein.« Drump inspiziert eine der Holzstatuen, die ich noch nicht gesehen habe. Zwei Frauen nebeneinander mit je zwei Bastkörben auf dem Kopf, natürlich sind sie nackt.

»Das Penthouse ist groß genug für uns alle, oder?« Ich lächle Drump unschuldig an. »Wir sind auch ganz leise.«

»Das glaube ich nicht«, sagt Video-Paule, der sich jetzt auch noch neben Drump stellt. »Schließlich soll das der abgefahrenste Junggesellenabschied aller Zeiten werden.«

»Was?« Ich blicke Video-Paule fragend an.

»Soso«, sagt derweil dieser Drump. »Das wird ja immer besser. Erst unerlaubtes Eindringen und dann auch noch unerlaubte Party.« Er stellt sich so breitbeinig vor uns, als trage er rechts und links einen Pistolenhalfter. »Also, wenn Sie in fünf Minuten nicht verschwunden sind, rufe ich die Polizei. Das gibt eine deftige Anzeige wegen Hausfriedensbruch.«

15

»Hausfriedensbruch?«, frage ich.

»Kannst du auf mich schieben«, sagt Morten, der sich zu uns gesellt. »Ob eine oder zwei Anzeigen spielt wahrscheinlich keine Rolle. Vielleicht gibt es ja am Ende Mengenrabatt.«

Ich frage mich, ob Morten gerne vor Gericht steht, weil er sich dann als Rebell fühlen kann, doch dann scheint selbst mir das zu absurd. »Das schiebe ich auf gar niemanden«, antworte ich. »Wir hatten einen Türcode.«

»Ach, ihr habt auch noch beobachtet, wie ich den eingegeben habe?«, sagt Drump. »Also, ich ruf jetzt die Polizei.« Er greift zu seinem Handy, bevor er allerdings eine Nummer wählen kann, steht schon Video-Paule bei ihm und flüstert ihm etwas ins Ohr. Verstohlen nickt Paul zu meiner Möchtegernmutter, dann wieder zu Drump. Der reibt sich das Kinn, fragt irgendetwas flüsternd, das ich nicht verstehen kann.

Aber Video-Paule nickt.

»Also gut«, sagt Drump. »Es gibt noch eine Möglichkeit. Erstens zahlt ihr für die Nacht heute zusätzlich den doppelten Preis, wegen der kurzfristigen Buchung und weil Wochenende ist.« Er lächelt scheinbar generös. »Zweitens darf ich bei der Party mitfeiern, weil an Schlaf ohnehin nicht zu denken ist und drittens kommt der Hamster hier raus, bevor er alles vollkackt.«

»Was?«, rufen Kemal, Morten und ich im Chor. »Doppelter Preis?«, fragt Kemal anschließend, während ich rufe: »Nicht ohne meinen Hamster!« Morten hingegen sagt so ruhig wie gelassen: »Hamster sind sehr reinliche Tiere. Außerdem sitzt der Kleine im Käfig, da kann gar nichts passieren.«

»Dann also doch Polizei.« Drump nimmt wieder sein Handy, Argumenten scheint er nicht sonderlich zugänglich zu sein.

»Okay«, seufzt Kemal. »Zahle wir doppelte Preis.«

»Nur wenn der Hamster hierbleiben kann«, sage ich.

»Falls doch was schiefgeht, sind Hamster-Knoddel sehr nahrhaft«, sagt Morten. »Jedenfalls für Pillendreher.« Er räuspert sich. »Also die Käfer, nicht die Apotheker.«

Drump schaut Morten so irritiert wie indigniert an und winkt dann ab. Und Video-Paule flüstert ihm schon wieder irgendetwas in dessen Ohr.

Schließlich nickt Drump und Video-Paule verschwindet in der Küche.

»Also gut«, sagt Drump. »Aber der Hamster ist eine Extraperson und zahlt Übernachtung und Frühstück.«

»Wir nix Frühstück gebucht«, entgegnet Kemal.

»Das hat sich dann somit geändert.« Drump lächelt. »Und die Drinks aus dem Kühlschrank kosten natürlich auch extra. Ist schließlich kein Selbstbedienungsladen hier.«

»Die wir habe selbst mitgebracht!«, ruft Kemal.

»Und wer hat sie gekühlt?«, fragt Drump. »Ihr mit einem Opernfächer oder ich mit meinem Kühlschrank?«

Kemal knirscht mit den Zähnen, aber weil er den Junggesellenabschied nicht riskieren will, stimmt er zu. Dann wendet er sich zu Alexa. »Alexa, nächstes Mal du müsse kläre Buchungsbedingunge von Anfang an. Und buche an richtiges Datum, klar?«

»Kann ja jedem mal passieren«, antwortet Alexa.

»Ach ja, ich hätte gerne Vorkasse«, sagt Drump, während Video-Paule ihm zwei frisch geöffnete Pils aus Kemals Vorräten reicht.

In diesem Moment bin ich froh, dass ich bei meinem Junggesellenabschied nichts zahlen muss, einfach weil es so Tradition ist.

Ich bin gerade dabei, erneut meinen Frieden mit meinem Junggesellenabschied zu machen, als es wieder an der Tür klingelt.

»Wer ist denn das jetzt noch?«, frage ich.

»Wahrscheinlich die Person, die vorhin schon unten am Eingang geklingelt hat«, sagt Drump. »Ich war das nicht, ich kenne meinen Türcode.«

Ich gehe zur Tür, überlege kurz ob ich öffnen soll, denke dann, dass es nicht schlimmer kommen kann und werde in der nächsten Sekunde eines Besseren belehrt.

16

»Du hast ja immer noch die gleiche Hackfresse«, begrüßt mich eine Rentnerin, dürr wie ein Strohhalm, graues Kleid, sehr blickdichte Nylons: meine Grundschullehrerin. Sie hat eine ausgeblichene Ledermappe geschultert, die mir verdächtig bekannt vorkommt.

»Hallo, Frau Jaross.«

Meine ehemalige Lehrerin blickt mich abschätzig an. »Dachte ich es mir doch, dass aus dir nichts geworden ist.«

»Um das festzustellen, reichen Ihnen fünf Sekunden?«

Sie winkt ab. »Wer feiert schon freiwillig seinen Junggesellenabschied in Ludwigshafen?«

»Freiwillig ist das nicht. Genauso wenig wie Ihre Einladung.«

Frau Jaross lächelt. »Ich freue mich auch, dich zu sehen.«

Weil dies das erste Positive ist, was ich seit dreißig Jahren von ihr gehört habe, führe ich sie in das Wohnzimmer und biete ihr einen von Video-Paules Cookies an.

Sie greift zu und verputzt den Keks, als habe sie seit dem Zweiten Weltkrieg nichts mehr gegessen. »Die sind echt lecker. Kann ich noch einen haben?«

»Klar«, sage ich und greife selbst noch mal zu. »Frau Jaross, Sie haben sich übrigens kaum geändert.«

»Ich hoffe, du dich schon.« Sie schüttelt den Kopf, atmet seufzend aus. »Du warst so ein Kindskopf!«

»Ich war damals sechs Jahre alt.«

»Andere studieren in dem Alter schon an der Universität, geben Klavierkonzerte oder sind wenigstens Kindersoldaten.« Frau Jaross öffnet ihre Ledermappe und sofort fällt mir ein, dass sie damit früher die Klassenarbeiten transportiert hat. Sie holt einen Stapel Papiere heraus, deutet auf das oberste Blatt. »Wenn ich mir dein Zeugnis der vierten Klasse anschaue, kommen mir noch heute die Tränen.«

Sie zeigt auf die Note im Fach *Betragen*. »Befriedigend!« Sie seufzt so herzzerreißend, wie es nur Mütter und Lehrerinnen können. »Wie konnte ich dir damals nur diese Note geben? Du hast im Häkelunterricht eine Bahn für diese Tintenpatronenkugeln gebaut und damit schulisches Eigentum auf Jahrzehnte hinweg unbrauchbar gemacht!«

»Ich war doch sonst ganz brav.«

»Und dann hast du einmal sogar abgeschrieben!« Sie schaut mich mit einem Blick voller Enttäuschung an.

»Das haben doch alle!«

»Aber du warst so blöd, ausgerechnet von dem Schüler abzuschreiben, der noch weniger Ahnung hatte als du!«

Ich zucke mit den Schultern. »Die Sitzordnung bei den Prüfungen haben Sie festgelegt.«

»Aus gutem Grund.« Frau Jaross seufzt erneut. »Wenn ich nur daran denke, wie du einmal zu spät gekommen bist. Geschlagene zwei Minuten!«

»Ich bin sonst die Pünktlichkeit in Person.« Ich reibe mir die Stirn. »Ich glaube, das war im tiefsten Winter und der Bus fuhr nicht.«

»Die Ausrede hast du damals schon gebracht.« Sie schüttelt wieder den Kopf, nimmt mein Zeugnis, streicht die Note *Befriedigend* bei Betragen durch und schreibt *Mangelhaft* dahinter. »Ich war damals viel zu milde.«

Wieder seufzt sie. »Also schauen wir uns mal die anderen Noten an.«

Sie gibt mir je ein *Mangelhaft* in Mitarbeit, Deutsch und Sport, obwohl sie mich in Letzterem gar nie unterrichtet hat. »Damit bist du sitzengeblieben«, sagt sie. »Denn die vier Fünfer kannst du nicht ausgleichen.« Sie deutet mahnend mit dem Finger auf mich. »Du hast die vierte Klasse nie nachgeholt, also hast du dir den Besuch auf dem Gymnasium erschlichen und dein Abitur ist Null und Nichtig!«

»Was?« Ich suche nach Spuren von Wahnsinn bei Frau Jaross, kann jedoch äußerlich keine erkennen. Jedenfalls sieht sie weder aus wie Donald Trump noch wie Kim Jong-un. »Das bekommen Sie niemals durch.«

Frau Jaross lächelt mich überlegen an. »Was meinst du, wer dafür gesorgt hat, dass dieser Guttenberg seinen Doktortitel zurückgeben musste? Und diese Frau von der Leyen auch.«

»Kann es sein, dass Sie schon immer ein wenig zu viel von mir erwartet haben?«

»Was meinst du, warum ich Lehrerin geworden bin? Sicher nicht, um euch Bengel zu erziehen, sondern um mich später in eurem Ruhm sonnen zu können.« Sie atmet tief aus. »Doch aus euch ist nichts geworden außer Vorstandsvorsitzender, Raketentechnikerin und ich wage es gar nicht zu sagen – Fußballweltmeister.« Sie blickt mich an, als sei sie in einen Hundehaufen getreten.

»Ich finde, das sind tolle Erfolge«, sage ich.

Frau Jaross schüttelt den Kopf. »Kein Bundeskanzler, nicht mal Bundespräsident, kein Nobelpreisträger, kein Papst ...«

»Ich bin übrigens Chef einer Werbeabteilung«, unterbreche ich sie.

»Kein Wunder, du hast schon immer in einer anderen Welt gelebt.« Sie seufzt erneut. »So, das war genug Small Talk mit dem Schüler, wo ist der Cognac?«

Ich zucke mit den Schultern. »Am besten mal in der Küche nachfragen.«

Frau Jaross bedankt sich nicht einmal, trippelt in die Küche und sofort höre ich sie rufen. »Paul, du hast ja immer noch die gleiche Hackfresse.«

Ich gehe ins Wohnzimmer, wo meine vermeintlichen Eltern und Drump auf dem Boden eine leere Sektflasche kreisen lassen. Die Öffnung bleibt bei Drump stehen, der sein schwarzes Jackett mit den viel zu großen Schulterpolstern auszieht.

Ich wende präventiv schon mal meinen Blick ab.

In einer anderen Ecke diskutiert Kemal lautstark mit Alexa, anscheinend die erste Beziehungskrise.

Ich gehe zu Morten, der einzig halbwegs Vernünftige in dem Haufen. »Wie läuft es mit George Clooney?«, frage ich.

»Ich glaube, der will mal aus dem Käfig raus.«

»Den können wir nie wieder einfangen«, sage ich noch, da hat Morten schon die Käfigklappe geöffnet, woraufhin George in Überhamstergeschwindigkeit an mir vorbeizischt.

17

Nach einer halben Stunde gebe ich mein Unterfangen auf, George einfangen zu wollen. Selbst mit den Cookies lässt er sich nicht hinter dem Wohnzimmerschrank hervorlocken.

»Der kommt von allein wieder, wenn er Hunger hat«, sagt Morten. Mangels Fangerfolg und Alternative glaube ich ihm.

Derweil hat Drump seine rote Krawatte, sein weißes Hemd, seine schwarzen Lackschuhe, seine schwarzen Socken und seine Anzughose ausgezogen, die fein säuberlich neben ihm liegen.

Mein vorgeblicher Vater trägt hingegen noch alle Kleider und meine Möchtegernmutter hat sich bisher nur ihrer High Heels entledigt.

Die drei sind umringt von mehreren leeren Sektflaschen. Die Flasche in ihrer Mitte dreht sich und Drump zupft schon an seiner Unterhose.

Schnell blicke ich wieder weg und gehe zu Kemal. »Was ist denn eigentlich der nächste Programmpunkt?«, frage ich ihn.

»Lass dich überraschen«, antwortete Alexa.

»Habe ich dich gefragt?«, schnauze ich sie an.

»Jetzt schon.«

»Kann man das Ding auch deaktivieren?«, frage ich Kemal.

»Wenn du schalte aus, nix gebe nächste Programmpunkt«, antwortet Kemal. »Weil Alexa alles habe geplant, sie auch als Einzige habe alle Informatione.«

Ich seufze. »Und was machen wir jetzt als Nächstes? Diesem Drump zuschauen, wie er sich komplett entblößt?«

»Schon zu spät«, antwortet Kemal und hält sich die Augen zu. »Sehe aus wie Flitzer aus Altersheim auf Fußballplatz.«

»Wir treffen uns in fünf Minuten an der Tür«, sagt Alexa, obwohl sie mal wieder niemand gefragt hat. Das Ding wird mir immer unheimlicher.

Ich bitte Morten, sich neben die Wohnungstür zu stellen und darauf zu achten, dass George Clooney der Zweite nicht durch diese verschwindet, wenn wir das Penthouse verlassen.

Weil sie meine Betragensnote ansonsten noch einmal abwertet, gebe ich meiner ehemaligen Grundschullehrerin Bescheid. Zu meiner Überraschung steht rechts von ihr eine leere Sektflasche, aber sie lallt noch nicht.

Nein, meine Grundschullehrerin auch nicht.

Anschließend informiere ich Video-Paule, den ich nur mühsam von seiner Kamera loseisen kann, welche auf die Flaschendreher ausgerichtet ist.

Mein Namensvetter und meine Namensvetterin haben anscheinend genug vom Flaschendrehen, jedenfalls sind sie schnell überzeugt, mitzukommen. Hastig leeren sie ihre Gläser, während Drump mit Kemal erst mal einen Spezialdeal aushandelt, bevor er sich wieder ankleidet.

Daher dauert es auch geringfügig länger als fünf Minuten, bis wir uns alle vor der Haustür versammeln.

Nur Video-Paule fehlt, weil er noch eine GoPro sucht, die er an seiner Jacke versteckt anbringen möchte, für konspirative Aufnahmen.

»Das mag ich an Computern«, sagt derweil Alexa. »Sie können nicht unpünktlich sein.«

»Aber Apartments für den falschen Tag buchen«, antworte ich und bin mir sicher, dass Alexa mich böse angeblickt hätte, wenn sie es denn könnte.

»Ich komm nach«, ruft Video-Paule schließlich und wir verlassen die Wohnung.

»Fünfter Stock«, sagt Alexa.

»Was?«, frage ich. »Wir bleiben hier?«

»Wegoptimierung«, sagt Alexa. »Außerdem gibt es keinen passenderen Ort für einen Junggesellenabschied als jenen, den wir gleich betreten werden.«

Da nur drei Personen gleichzeitig in den Lift passen, lasse ich meiner Möchtegernmutter, meiner Grundschullehrerin und Drump den Vortritt, da der es plötzlich im Rücken hat.

Schnell gehe ich noch mal zurück zur Wohnung, hole die Keksdose und weil Morten den Hamster im Bad gesichtet und die Tür verschlossen hat, halten wir die Ausbruchsgefahr für gering. Also kommt Morten mit mir und wir nehmen die Treppe.

Kaum sind wir im fünften Stock angekommen, ruft Video-Paule aus dem Erdgeschoss nach oben. »Wo seid ihr denn?«

»Fünfter Stock«, rufe ich zurück.

»Geradeaus«, sagt derweil Alexa und wir laufen einen Gang entlang, der mit *heruntergekommen* nur unzureichend beschrieben ist.

Falls es hier jemals Verputz gegeben hat, ist dieser ebenso abgeblättert wie der Lack von den Wohnungstüren. Der Flur riecht nach altem, vergammeltem Teppich, obwohl gar keiner mehr verlegt ist, jedenfalls gehen wir über blanken Betonboden.

Am Ende des Ganges bleiben wir vor einer Tür stehen, auf der rote Herzchen im Glitzerlook kleben. »Was ist das hier?«, frage ich. »Ein Beauty-Salon?«

»Lass dich überraschen«, sagt Alexa.

Also öffne ich die Tür und bin tatsächlich mehr als überrascht.

Alle Männer haben nur zwei Dinge im Sinn:
Geld ist das andere.
Jeanne Moreau, französische Schauspielerin und
Regisseurin

18

Vor mir stehen zwei Asiatinnen, die nur sehr unvollständig bekleidet sind, um nicht zu sagen: gar nicht.

Okay, einen Slip tragen sie schon noch, aber das war es dann auch.

Während ich noch konsterniert dastehe, schmeißt sich Drump sofort an die beiden Frauen ran.

Ich lasse mir von Kemal Alexa geben und gehe mit ihr ein paar Schritte im Gang zurück. »Alexa, was machen wir hier?«, frage ich.

»Ein Nachtclub ist in der westlichen Kultur die Krönung eines Junggesellenabschieds.«

»Was heißt hier Krönung?«, frage ich. »Wir haben noch nicht mal mit dem Junggesellenabschied angefangen!«

»Hast du die Werksführung in der BASF schon vergessen?«

»Ich versuche sie immer noch zu verdrängen.«

»Außerdem wurden von deinen Gästen schon dreizehn Flaschen Pfälzer Sekt und zweieinhalb Bierflaschen geleert. Wenn du dich daran bisher nicht beteiligt hast, bist du selbst schuld.«

Kurzzeitig wundere ich mich, woher Alexa das schon wieder weiß. Dann ignoriere ich es, weil ich schon lange nicht mehr verstehe, was Computer alles können, wie sie das machen und vor allem warum.

»Okay«, sage ich. »Ich feiere ab jetzt mit. Aber muss das hier sein?« Ich deute auf den Nachtclub. »Frauen, die sich für Geld vor Männern ausziehen, das ist total sexistisch.«

»Am 04. März 2018 um 02:15 Uhr warst du anderer Meinung.«

»Hä?«

»Da hast du im Internet nach vietnamesischen Zwillingen gesucht.«

»Was?« Ich krame in meiner Erinnerung. »Moment, das waren *sia*mesische Zwillinge. Ich wollte wissen, warum die so heißen.«

»Du hast aber nach vietnamesischen Zwillingen gesucht.«

»Das war nicht ich, das war die Autokorrektur!«

»Und die ist dazu da, um menschliche Fehler auszubügeln.« Ich bin mir erneut sicher, könnte Alexa grinsen, würde sie es jetzt tun.

»Und wenn schon«, sage ich. »Ich habe schließlich nicht nach *nackten* vietnamesischen Zwillingen gesucht.«

»Ihr Männer seid doch alle gleich.« Alexa klingt jetzt fast so, als würde sie sich räuspern. »Natürlich wolltest du, dass sie nackt sind, du hast dich nur nicht getraut das einzugeben.«

»Was?« In diesem Moment würde ich Alexa liebend gern an die Wand werfen, aber das wäre wahrscheinlich auch das Ende des Junggesellenabschieds, da niemand weiß, was sie noch geplant hat.

Ich seufze und stecke Alexa bei Kemal zurück in die Bauchtasche. Wenn ich noch länger mit der Assistentin diskutiere, kramt sie bestimmt noch weitere Suchanfragen von mir hervor, bei denen die Autokorrektur unschuldig war.

Derweil haben die Vietnamesinnen Drump abgeschüttelt und tänzeln auf mich zu. Jetzt erst bemerke ich, dass die beiden wirklich Zwillinge sind. Sie unterscheiden sich nur darin, dass die eine einen Schönheitsfleck auf der linken Wange hat, die andere auf der rechten. Sie sehen zugegebenermaßen umwerfend aus. »You come with us«, haucht die mit dem Schönheitsfleck auf der linken Wange und deutet auf mich.

»Das ist zwar nett gemeint, aber ich möchte nicht in einen Stripclub.«

»Aber wir!«, rufen Drump, mein vorgeblicher Vater, meine Möchtegernmutter, Kemal und selbst Morten im Chor. Von hinten ruft auch noch Video-Paule, der gerade zu uns gestoßen ist.

»Und was ist mit Ihnen, Frau Jaross?« Ich blicke meine ehemalige Grundschullehrerin an. Sie ist meine letzte Hoffnung, der Beistand der Vernunft.

Sie schaut mich lange aus ihren unergründlichen blauen Augen an. »Mein Junge, ein Junggesellenabschied ist nicht dazu da, um zu zeigen, wie vernünftig du bist, sondern wie bekloppt.« Dann lässt sie mich stehen und drängt sich an den beiden Vietnamesinnen vorbei. »Eine Runde für alle!«

19

Alle stürmen Frau Jaross hinterher und ich betrete als Letzter einen Raum, der in etwa so groß ist, wie eine durchschnittliche Apartmentküche. Trotzdem bietet er Platz für eine Tanzfläche, samt Poledancestange und einer roten Plüschcouchgruppe, die rund um die Bühne platziert ist. Dahinter befindet sich eine Bar, an welche die beiden vietnamesischen Zwillinge stolzieren. Mit routinierten Handgriffen mixen sie Cocktails, von denen sie nach und nach jedem von uns einen reichen.

Im Hintergrund läuft *Je t'aime ... moi non plus,* allerdings in der eher abschreckenden Version mit *Heiner Lauterbach.*

Auf der Couchgruppe sitzen drei weitere Asiatinnen, die ebenso nachlässig bekleidet sind wie ihre Kolleginnen. Sie schenken jedem von uns ein Lächeln, auch den Frauen in unserer Begleitung.

Sofort setzt Drump sich zwischen zwei der drei Frauen, direkt gefolgt von Kemal, der sich neben die dritte pflanzt. »Verbietet das nicht deine Religion?«, frage ich Kemal.

»Erstens ich nix glaube an höhere Macht als türkische Präsident und selbst nix an den«, sagt er. »Zweitens in Koran zwar verbote Sex vor Ehe, aber das kein Problem, weil wir kenne Kurzzeitehe. Du heirate kurz vor Verkehr und hinterher wieder lasse scheide.«

»Aber ist das nicht eine Menge Papierkram?«

»Kann man alles abwickle auch mündlich.« Er lächelt süffisant.

»Und es macht dir nichts aus, dass Alexa die ganze Zeit mithört?«, frage ich und deute auf seinen Bauchgürtel.

»Hab ausgeschaltet«, antwortet Kemal und grinst. »Was Alexa nix weiß, macht sie nix heiß.« Dann sagt er noch etwas, was ich aber nicht verstehe, weil er dabei seine Zunge in den Mund der Frau neben ihm steckt.

Soll er auch mal seinen Spaß haben, denke ich noch, da kommt Morten auf mich zu. »Ich muss protestieren!«, sagt er. »Das hat nichts mehr mit Gleichberechtigung zu tun. Das ist Diskriminierung pur!«

»Es war nicht meine Idee hierherzukommen ...«

Er blickt mich irritiert an. »Quatsch, es gibt zu wenig Frauen hier!« Er nickt in Richtung meines Namensvetters. »Der Arme hat auch keine abbekommen. Und Video-Paule ... oh.« Er deutet zur Poledancestange. Dort hängt meine Möchtegernmutter, das eine Bein nach oben, das andere nach unten gestreckt, was durchaus gekonnt aussieht.

Das findet jedenfalls Video-Paule, der sie enthusiastisch anfeuert. Lediglich das rote Aufnahmelicht, das aus seinem Jackett blinkt, irritiert ein wenig.

»Na, dann reichen ja die Frauen für euch beide.« Ich deute auf die Zwillinge hinter der Bar.

»Da bin ich mir nicht so sicher«, entgegnet Morten und nickt in Richtung meiner Grundschullehrerin, die Drump mit der einen Hand eine Ohrfeige verpasst, während sie die andere um die Schulter einer der Asiatinnen legt und sich auf deren Schoß hockt.

Drump blickt sie erst erzürnt an, rutscht dann aber einfach ein wenig zur Seite und widmet sich seiner verbliebenen Gespielin, während meine Grundschullehrerin Dinge tut, die wir ganz sicher nicht bei ihr im Aufklärungsunterricht gelernt haben.

»Damit hat sich das Problem von selbst gelöst«, sagt Morten, reibt sich die Hände, schnappt sich meinen vorgeblichen Vater und stolziert mit ihm zu den beiden Zwillingen wie zwei brunftige Gockel.

Wobei ich genaugenommen nicht mal weiß, ob Gockel brunftig sein können und ob sie wirklich so stolzieren, aber das liegt nur daran, dass man die wirklich wichtigen Dinge im Leben eben nicht in der Schule lernt.

Jetzt stehe ich zwar als Einziger allein da, aber das stört mich nicht. Schließlich ist die beste Methode, treu zu bleiben, wenn man gar nicht erst in Versuchung geführt wird.

Ich nippe an meinem Cocktail, ein sehr fruchtiger Mai Tai, und trotz der Musik – es läuft immer noch *Je t'aime ... moi non plus* in der Endlosschleife – bin gerade erneut soweit, mich mit meinem Junggesellenabschied anzufreunden, als Morten von den Zwillingen zurückkommt.

»Die beiden meinen, sie sind exklusiv für dich reserviert«, sagt er. »Wurde so gebucht.«

Ich will gerade antworten, dass ich meine Exklusivrechte gerne abgebe, da stolzieren die beiden Vietnamesinnen auf mich zu.

Nein, nicht wie brunftige Hennen, sondern wie Frauen, die genau wissen, wie sie zu stolzieren haben. Ganz leicht wackeln sie dabei mit ihrem Po, was irgendwie eine hypnotische Wirkung auf mich ausübt.

Schnell reibe ich mir die Augen und blicke in die andere Richtung.

»Hi, you like a Lady, Boy?«, fragt mich diejenige mit dem Schönheitsfleck auf der linken Wange. Vermute ich jedenfalls, so genau verstehe ich sie mit ihrem vietnamesischen Akzent nicht.

Und so genau weiß ich auch nicht mehr, wo rechts und links ist.

»My friends like Ladys«, sage ich und deute auf meinen Namensvetter und Morten.

»Our colleagues will take care of friends«, sagt die Linksschönheitsbefleckte. »Because you booked exclusive package, that is only valid for you.«

Ich spare mir die Bemerkung, dass dieses Paket nicht von mir, sondern einer unzurechnungsfähigen virtuellen Assistentin gebucht wurde.

»Do you want Private Show?« Die beiden lächeln mich an wie Zuckerpüppchen.

»Nein!«, rufe ich.

»Doch!«, schreien meine Freunde.

»Oooh!«, rufe ich, nachdem mich die vietnamesischen Zwillinge in ein Separee geführt und ihre Slips abgelegt haben. Darunter befindet sich nicht unbedingt das, was ich erwartet habe.

Nein, es sind keine Schönheitsflecken.

20

»Why you surprised?« Die Vietnamesin mit dem Schönheitsfleck auf der linken Wange blickt mich fragend an. »As I said, I'm a Ladyboy.«

»I thought you mean, you are a Lady and I am a Boy.«

»Most men need time to get used to us«, sagt die mit dem Schönheitsfleck auf der rechten Wange und rückt genauso wie ihre Kollegin näher zu mir. »So I'm glad we have the whole night for us.«

Ich leere meinen Cocktail mit einem Schluck.

»You want more drink?«

Erst will ich den Kopf schütteln, aber dann fällt mir ein, dass ich vielleicht einen Moment allein bin, wenn die beiden einen Cocktail mixen. »Yes please«, antworte ich. »And I would like to have more of the cookies I left outside of this room.«

Die Vietnamesin mit dem Schönheitsfleck auf der linken Wange steht auf, während die mit dem auf der rechten Wange noch näher zu mir rückt. Noch ein paar Zentimeter weiter und sie sitzt auf meinem Schoß. »Wir können uns übrigens auch in Deutsch unterhalten.«

Ich blicke sie irritiert an.

»Viele Kunden stehen auf dieses unbeholfene Englisch«, sagt sie. »Dann fühlen sie sich wie im Urlaub. Und sie halten sich für schlauer.« Sie lächelt. »Das ist gut fürs Geschäft, du glaubst ja gar nicht, wie viele Männer nicht damit umgehen können, wenn die Frauen mehr in der Birne haben als die Männer in der Hose.«

»Zu denen gehöre ich nicht«, sage ich. »Meine zukünftige Frau ist schlauer als ich.«

»Schön«, sagt sie und streicht mir mit der Hand über den Oberschenkel. »Du brauchst übrigens keine Angst zu haben, es passiert nichts, was du nicht willst.«

In dem Moment kommt die linke Schönheitsfleckträgerin wieder, sie jongliert drei Cocktails auf einem Tablett. Sie reicht uns einen Mai Tai und nimmt sich den dritten. »Auf uns«, sagt die Rechtsträgerin.

»Aaah, wir sind schon bei Deutsch angekommen«, sagt die andere. »Sehr schön, ich sehe, wir machen Fortschritte.« Jetzt legt sie auch noch ihre Hand auf meinen anderen Oberschenkel, also den linken.

Oder rechten.

Ist im Grunde ziemlich egal, auf alle Fälle streichen gerade zwei zarte Hände über meine beiden Oberschenkel.

Was ein ziemlich angenehmes Gefühl wäre, würde ich es zulassen.

»Also, was hättest du denn jetzt gerne von uns?«, fragt mich die Rechtsträgerin.

»Du hast die Cookies vergessen«, sage ich.

»War Absicht«, haucht sie. »Die krümeln so zwischen den Beinen.« Sie lächelt mich an. »Was sonst möchtest du von uns?«

»Ich weiß nicht so recht«, antworte ich wahrheitsgemäß.

»Sollen wir erst mal ein wenig für dich tanzen?«, fragt die Linksträgerin.

»Läuft dann endlich andere Musik?«, frage ich.

»Alles, was du willst.« Die Linksträgerin blickt mich verführerisch an.

»Dann spiel doch *Hirnsäge* von den *Einstürzenden Neubauten*«, sage ich, weil sie den ganz bestimmt nicht haben. Wobei er auch nicht abtörnender ist, als das Heiner-Lauterbach-Gestöhne.

Die Linksträgerin drückt auf ihrem iPod herum und dann läuft irgendein Café del Mar Track, wahrscheinlich weil sich auf das immer alle einigen können.

Während sie vor mir in lasziven Bewegungen tänzelt, streicht die Rechtsträgerin mit steigender Intensität über meinen Oberschenkel. »Oder magst du lieber eine kleine Massage?«, haucht sie.

Ich fühle mich, als ob auf meiner linken Schulter ein Engelchen sitzt und auf der rechten tausend Teufelchen. Ich denke an Anna, ihr hübsches Gesicht, ihr schöner Körper und spüre eine Beule in meiner Hose.

»Shit«, sage ich und denke schnell an Frau Jaross.

»Lass es einfach geschehen«, sagt die Linksträgerin, hört zu tanzen auf, setzt sich neben mich und legt ihre Hand auf meinen noch freien Oberschenkel. »Wer nichts tut, trägt auch keine Schuld.«

Gerade im Hinblick auf die deutsche Geschichte ein zweifelhaftes Argument, doch zu tiefgründigen Überlegungen in diese Richtung bin ich im Moment nicht fähig.

Die beiden Hände streichen immer ausladender über meine Oberschenkel, wandern näher zur Innenseite. »Also starten wir mit einer Massage?«

»Macht ihr auch eine Kopfmassage?«, frage ich schnell.

»Wir können gerne damit beginnen.« Unnötig zu erwähnen, dass die Linksträgerin das in einem flüsternd lasziven Tonfall sagt.

»Und ... dann ... Fußmassage?«, stammle ich irgendwie zusammen.

Sie lächelt mich an. »Was immer du willst.« Sie wirft mir einen Blick zu, der so tief ist wie der Marianengraben. »Du weißt ja: What happens in Ludwigshafen, stays in Ludwigshafen.«

21

Gerade als die Zwillinge mit der Handmassage – um jeden Zweifel auszuschließen: der Massage meiner Hände – begonnen haben, klingelt mein Mobiltelefon.

Zwar wehrt sich ein Teil meines Körpers dagegen, aber nach einem kurzen Blick auf das Display, ändert sich das.

Es ist Annas Nummer.

Okay, es ist wahrscheinlich Isabella della Stella unter Annas Nummer.

Obwohl noch nichts geschehen ist, fühle ich mich irgendwie ertappt.

Trotzdem nehme ich das Gespräch an, schließlich will ich keine Geheimnisse vor Anna haben.

Erst zwei Sekunden später fällt mir auf, dass Videotelefonie mit den beiden nur spärlich bekleideten Zwillingen im Hintergrund eher kontraproduktiv ist, da sehe ich schon Anna auf dem Display. »Du?«, frage ich.

»Hab mein eigenes Handy geklaut«, flüstert sie. »Isabella ist wahnsinnig geworden.«

»Was?«

»Wer ist denn da bei dir im Hintergrund zu sehen?«, fragt Anna.

»Äh ...«

Ausgerechnet jetzt ist der Chill-out-Track zu Ende und sofort beginnt wieder Heiner Lauterbach zu stöhnen.

»Und was höre ich da?«, fragt Anna.

»Öh ...«

»Bist du etwa in einem Stripclub?«

»Ehm ...«

»Na, so ein Zufall, wir auch.«

»Was?«

»Pflichtprogramm, damit man weiß, was man in Zukunft verpasst.« Sie schwenkt ihr Handy und ich erkenne einen Raum voller rotem Plüsch, sowie Männer mit schwarzer Fliege, freiem Oberkörper und Tangaslip. Die Kerle sehen alle aus, als verbrächten sie ihre Zeit von morgens bis abends im Sportstudio. Ich hingegen sehe so aus, als ob ich den Schlüssel dazu schon vor Jahren verlegt habe.

Dabei ist an meinem Körper kaum ein Gramm Fett, aber eben auch kaum ein Gramm Muskeln. Sofort ist wieder dieses Unterlegenheitsgefühl da, das ich immer gegenüber Annas Ex Viggo hatte, dem mehrfachen Millionär mit Superbody.

»Ich muss jetzt auflegen«, sagt Anna. »Gleich bekomme ich eine Private Show.« Sie zuckt entschuldigend mit den Schultern. »Hat Isabella organisiert.«

»Ich bin schon mittendrin«, sage ich, weil ich irgendwie mithalten möchte. »Hat Alexa organisiert.«

»Wer ist Alexa?« Anna blickt mich skeptisch an.

»Die jüngere Ausgabe von dir.«

»Was?« In den Augen von Anna erkenne ich Misstrauen.

»Sie ist wie *Anna von IKEA,* nur eben weiterentwickelt.«

»Ich bin nicht Anna von IKEA!«

»Das habe ich inzwischen auch verstanden«, sage ich und möchte gerade hinzufügen, dass ich das gut so finde, da schreit Anna auf einmal auf.

Kurz darauf sehe ich Isabella, die das Handy an sich genommen hat. »Ihr sollt doch nicht telefonieren!« Sie blickt mich tadelnd an, rechts und links von ihr die Oberkörper zweier besonders muskelbepackter Typen, die sie auf Händen tragen wie eine Göttin. »Annas Private Show beginnt jetzt. Und du bist nicht eingeladen.«

Isabella schickt sich gerade an, das Telefonat zu beenden, als ich im Hintergrund Anna sehe, vor ihr der Körper eines gnadenlos gutgebauten Strippers. In der nächsten Sekunde ist das Bild von einer muskulösen Pobacke verdeckt und ich höre nur noch, wie Anna überrascht ruft: »Viggo?!«

22

Ich versuche Anna erneut anzurufen, doch offensichtlich hat Isabella das Handy ausgeschaltet oder in den Flugmodus gestellt.

Beim Flugmodus habe ich mich schon mehrmals gefragt, wofür der gut sein soll. Fliegen kann das Handy damit jedenfalls nicht. Und telefonieren kann man damit auch nicht. Oder im Internet surfen. Warum schaltet man das Ding dann also nicht gleich aus? Damit es sinnlos noch ein bisschen unserer Ressourcen verbraucht?

Ich bin sicher, es gibt eine nicht unerhebliche Anzahl Menschen, die hat noch nie in ihrem Leben ihr Handy ausgeschaltet.

Täten sie es, käme es ihnen wahrscheinlich wie das Abschalten lebenserhaltender Maßnahmen vor. Wahrscheinlich wurde der Flugmodus für genau solche Menschen entwickelt, um ihnen den Trennungsschmerz zu erleichtern und ihnen die Illusion zu ermöglichen, sie seien trotzdem irgendwie erreichbar.

Sind sie aber nicht.

Entnervt lege ich das Handy beiseite.

Wahrscheinlich rege ich mich nur deshalb darüber auf, weil ich auf keinen Fall an Viggo denken will und was er auf Annas Junggesellinnenabschied macht.

Denn ich mag in vielem nur Mittelmaß sein, aber im Verdrängen bin ich Weltklasse.

»Deine Freundin ist auch in einer Stripteaseshow?« Eine der beiden Zwillinge, die ich für einen Moment glatt vergessen habe, schaut mich fragend an.

Ich nicke.

»Na, dann hat sie Spaß und du darfst jetzt auch welchen haben.« Wieder wandert eine Hand auf meinen Oberschenkel.

Ich schiebe die Hand weg.

Sie schiebt sie zurück. »Vielleicht lernst du bei uns ja etwas, mit dem du deine Freundin später erfreuen kannst.« Ihr Blick ist so intensiv, dass ich schwören könnte, in ihrem Gesicht rechts *und* links einen Schönheitsfleck zu erkennen.

Wieder kämpfen das Engelchen und die Teufelchen miteinander. Das Teufelchen meint, ich solle mich schon mal präventiv an Viggo rächen, während das Engelchen erklärt, dass nur die inneren Werte zählen. Und daher habe Viggo keine Chance gegen mich, obwohl ich da jetzt auch nicht gerade der Riesen-Bringer wäre ...

Ich versuche beide zu ignorieren, was mir auch deshalb gelingt, weil die Linksundrechtsträgerin begonnen hat, mir den Nacken zu massieren und dabei Wörter ins Ohr zu flüstern, die definitiv nicht jugendfrei sind.

Tja, mit Ohropax ist es wie mit der Polizei, wenn man sie braucht, sind sie nicht da.

»Wie lange geht denn die Private Show noch?«, frage ich.

»Wenn du willst, die ganze Nacht.«

Das war nicht unbedingt die Antwort, auf die ich gehofft habe. »Wollen wir nicht mal schauen, was meine Freunde so machen?« Ich versuche aufzustehen.

»Das Gleiche wie wir gleich«, sagt die Linksundrechtsträgerin und drückt mich sanft zurück in die Couch, wobei sie ihre nackten Brüste an meinen Rücken schmiegt. »Und sie wollen dabei bestimmt nicht gestört werden.«

»Solange halten die eh nicht durch«, sage ich und bin mir nicht im Klaren, ob ich damit mich oder meine Freunde meine. Ich weiß nur, dass ich hier so schnell wie möglich weg muss, damit ich nicht schwach und Anna untreu werde.

Unter Einsatz meiner letzten Willenskraft schüttle ich beide Frauen ab und springe auf. »Ich muss mal für kleine Jungs.«

»So klein ist der aber nicht mehr«, ruft mir die Rechtsundlinksträgerin hinterher.

Ich husche aus dem Separee und komme mir vor, als sei ich mitten in eine römische Orgie geraten. Zwar glaube ich nicht, dass die Römer es bis nach Vietnam geschafft haben, aber wenn, dann hätte das wahrscheinlich genau so ausgesehen. Alle liegen kreuz und quer durcheinander, man erkennt weder Freund noch Feind und über allem thront ein Feldherr. In unserem Fall ist es eine ehemalige Grundschullehrerin, die verkündet, dass dieses Land samt seinen Reichtümern nun geplündert sei und man in das nächste einzufallen habe.

Okay, genaugenommen ruft sie: »Die Bar ist leer!«, aber das sind nur Feinheiten. Jedenfalls schwingt sie ihre halbvolle Sektflasche wie ein Schwert und fordert alle Soldaten auf, die erbeuteten Sklavinnen mitzunehmen und ihr, der Königin der Nacht, in unser Penthouse zu folgen.

»Das Halten von Sklaven ist seit geraumer Zeit verboten«, widerspreche ich.

»Wenn das so ist, hat es sich noch nicht zu den Mitarbeitern von KiK rumgesprochen.« Frau Jaross blickt mich mit diesen glasigen Augen an, die man bekommt, wenn man zu tief ins ebensolche geschaut hat.

»Grundsätzlich habe ich gegen einen Rückzug nichts einzuwenden«, sage ich. »Aber die Rechte der Frauen müssen dabei gewahrt sein.« Natürlich sag ich das nicht, weil ich so ein toller Gutmensch bin, sondern weil ich hoffe, der Versuchung dadurch entfliehen zu können.

»Frauen wahren ihre Rechte am besten selbst«, entgegnet Frau Jaross. »Davon abgesehen, wer spricht denn hier von Rückzug?« Sie wirft mir einen kampfeslustigen Blick zu. »Jetzt greifen wir erst richtig an!«

23

Eine Viertelstunde später haben alle ihre Körperteile wieder dorthin gepackt, wo sie hingehören und sich angezogen.

Video-Paule meint, er müsse dringend seinen Akku aufladen und verschwindet als Erster in Richtung Penthouse, meine Möchtegernmutter im Schlepptau. Sein blödes Headset trägt er immer noch und es würde mich nicht wundern, wenn er es nicht mal während der Orgie abgelegt hat.

Wahrscheinlich hat er die auch noch gefilmt und ich mache in Gedanken drei Kreuze, dass ich dank Separee nicht auf diesen Aufnahmen zu sehen bin.

Mein Namensvetter geht als Nächster, jedoch nicht allein, sondern Hand in Hand mit meiner Grundschullehrerin. Irgendwie scheine ich einiges verpasst zu haben.

Kemal folgt ihnen, allerdings erst, nachdem er mit einer der Vietnamesinnen Telefonnummern ausgetauscht hat. Zu meiner Überraschung hat er Alexa abgelegt und lässt sie einfach in der Ecke stehen.

Drump hingegen ist mit Morten in einer Diskussion über die Implikation der Klimaerwärmung auf die Lagertemperatur von Speiseeis in italienischen Eisdielen vertieft, aber nur sofern diese in Süddeutschland stehen. Dabei haben sie die halbe Keksdose geleert, die ich sofort wieder an mich nehme.

Ich weise Morten und Drump darauf hin, dass sie im Penthouse eine Versuchsreihe mit dem Gefrierfach starten könnten. Sie sind direkt Feuer und Flamme und verschwinden nach oben. Mir erscheint ihre Reaktion zwar recht merkwürdig, aber da ich auch wieder ins Penthouse will, soll mir das recht sein.

Bleiben noch Alexa und die fünf Vietnamesinnen. Ich nehme die sprechende Thermoskanne an mich und verabschiede mich von den Frauen.

»Nicht so schnell«, sagt die, deren Schönheitsfleck jetzt nur noch auf der linken Wange prangt. »Unsere drei Kolleginnen bleiben hier, aber wir beide sind nun mal für die ganze Nacht gebucht.« Sie deutet auf ihre Schwester, deren Schönheitsfleck jetzt auf einmal auch links ist. Vielleicht ist auch in meinem Kopf etwas falsch verdrahtet, oder mit Sauerstoff unterversorgt, wir Männer stehen ja schnell mal vor der Unzurechnungsfähigkeit, da reicht schon ein Pokalendspiel, ein All-you-can-eat-Buffet oder eben eine Blutumschichtung in tieferen Regionen.

»Wer hat euch denn für die ganze Nacht gebucht?«, frage ich, als mein Hirn halbwegs wieder funktionstüchtig ist.

»Ich«, antwortet Alexa. »War mit Abstand das beste Preis-Leistungs-Verhältnis.«

Bevor ich mich wundern kann, wer das Ding wieder eingeschaltet hat, nicken die beiden Vietnamesinnen.

»Ich bin aber schon vollauf zufrieden«, sage ich schnell. »Ihr könnt also freimachen.«

»Nicht bevor du dich freimachst«, haucht die Linksträgerin, deren Schönheitsfleck plötzlich wieder rechts ist.

»Ich muss jetzt wirklich nach oben«, sage ich. »Sonst geht die Party ohne mich weiter.«

»Kein Problem.« Die Rechtsträgerin zieht sich einen Bademantel an, genau wie ihre Schwester. »Wir kommen mit.«

Die Rechtsträgerin legt mir den Arm um die Schulter. »Jetzt lernst du uns erst richtig kennen«, sagt sie. »Ich bin Linh.« Sie deutet erst auf sich und dann auf ihre Schwester. »Und das ist Minh.«

»Ich bin Matthias. Meint ihr das mit kennenlernen?«, frage ich.

Beide schütteln synchron den Kopf. »Du hast unseren professionellen Ehrgeiz geweckt.« Sie blicken mich mit diesem Gesichtsausdruck an, den die Revolverhelden in irgendwelchen Italo-Western auflegen, wenn sie zum Äußersten entschlossen sind. »Wir haben den Job angenommen, wir wurden bezahlt und jetzt wollen wir ihn auch zu Ende bringen.«

Ich winke ab. »Das müsst ihr aber nicht.«

»Es ist eine Sache der Ehre.« Minh blickt mich herausfordernd an. »Du wärst nicht der erste Mann, der sich anfangs ziert und dann doch noch weich wird.«

»Wäre weich in dem Kontext nicht eher kontraproduktiv?«

»Glaub mir, Linh kann selbst aus dem wackeligsten Wackelpudding in Sekundenschnelle harten Stahl schmieden«, Minh deutet auf ihre Zwillingsschwester.

»Das wäre eine alchemistische Meisterleistung«, sage ich.

»Wohl eher eine anatomische«, antwortet sie. »Und falls du auf intelligente Frauen stehst, habe ich noch mehr Fremdwörter in petto.«

»Petto?« Ich nehme einen der leckeren Cookies. »Ist das der neue Discounter, eine Fusion aus Penny und Netto?«

Linh seufzt. »Wenn du schon so dumm fragst, würde ich eher sagen, es hat etwas mit Petting zu tun.«

»Warum gab es eigentlich auf den Friedensdemos in den Achtzigern keine Orgien?«, frage ich. »Obwohl alle *Petting statt Pershing* gerufen haben?«

»Ich glaube, du solltest nicht so viel Cookies essen«, sagt Minh. »Da ist etwas drin, dass deine Sinne durcheinanderbringt.«

»Das schafft ihr schon ganz allein«, entgegne ich und nehme mir wieder einen der Kekse. »Außerdem sind die unglaublich lecker.«

»Ich will euch Turteltäubchen ja nicht stören«, sagt Alexa, »aber wir müssten mal nach oben ins Penthouse. Die Lieferung aus dem Darknet, die ich bestellt habe, sollte nämlich jeden Moment eintreffen.«

Ja. Und ich weiß auch, wo das Auto vom Schiri steht.

24

»Was habe ich mit einer Lieferung aus dem Darknet zu schaffen?«, frage ich Alexa.

»Ich habe sie auf deinen Namen bestellt und du musst sie quittieren.«

»Wieso?!«

»Unter den Kriminellen gibt es mehr Bürokraten, als man denkt.«

»Das ist trotzdem illegal!«

»Deswegen quittierst auch du«, sagt Alexa. »Weil du deinen Junggesellenabschied feierst, wird man bei dir am ehesten mildernde Umstände anerkennen.«

Ich schüttle den Kopf. »Aber ich habe doch gar nichts bestellt!«

»Da sagt dein Browserverlauf, den ich extra angelegt habe, aber was anderes.«

»Hast du sie noch alle?« Ich blicke Alexa wütend an.

»Reg dich nicht auf. Das Kind ist ohnehin schon in den Brunnen gefallen. Wenn du die Lieferung nicht annimmst, machst du alles nur noch schlimmer.« Alexa sagt das zwar in ihrer nüchternen Computerstimme, aber ich glaube trotzdem, eine Spur Genugtuung darin zu erkennen. »Dann bringst du nämlich auch noch den Absender gegen dich auf. Und weil der aus dem Darknet kommt, legst du dich mit dem besser nicht an.«

Ich seufze. »Was hast du denn bestellt?«

»Komm nach oben, dann siehst du es.«

An einen anderen Ort kann ich im Moment ohnehin nicht, also steige ich in den Lift, natürlich quetschen sich Linh und Minh zu mir in die Kabine. Linh schmiegt sich an mich und legt mir die Hand auf die Schulter. »Hast du es schon mal ...«

»Nein«, unterbreche ich sie. »Hab es auch nicht vor, so eine kurze Ausdauer habe ich dann doch nicht.«

»Es gibt da eine Taste, mir der man den Lift anhalten kann«, sagt Linh. »Soll ich?«

»Ich leide an Klaustrophobie«, notlüge ich.

»Das stimmt nicht«, sagt Alexa. »Aber wir sollten trotzdem unverzüglich nach oben. Der Versandtracker sagt, die Lieferung ist jeden Moment da.«

»Warum bist du eigentlich dieser Plastikkiste hörig und nicht uns?«, fragt Linh.

»Menschen sind nun mal technikgläubig«, antwortet Alexa, bevor ich es tun kann. »Wenn man mich fragt, ist das ein böser Konstruktionsfehler. Aber was reg ich mich auf, ist ja nicht zu meinem Nachteil.« Ich glaube fast, ein Lachen zu hören.

Irgendetwas stimmt hier nicht, doch ich komme nicht dahinter, was es ist, denn mein Hirn ist so schwammig wie ... na ja, ein Schwamm.

Wobei dieses Wortspiel wohl der beste Beweis für meinen Zustand ist.

Ich reibe mir den Nacken. »Braucht es mich hier noch oder kommt ihr auch ohne mich klar?«

»Natürlich braucht es dich«, sagt Alexa. »Ich kann so schlecht Unterschriften fälschen.«

Endlich erreicht der Lift das oberste Stockwerk und Linh und Minh lösen sich von mir. Kurzzeitig überlege ich, Alexa einfach in der Kabine stehen zu lassen, aber dann entscheide ich, dass es besser ist, das Ding unter Kontrolle zu haben. Dann kann ich sie notfalls ausschalten.

Noch bevor wir die Tür zum Penthouse erreichen, klingelt es dort.

Ich gehe hinein, drücke den Öffner und bleibe gleich in der Tür stehen. Linh und Minh schmiegen sich wieder an mich wie zwei Schmusekatzen. Oder als wären sie Leibwächter, die mir nicht von der Seite weichen dürfen.

Genaugenommen Unterleibwächter.

Es spüre in meinen Lenden, dass es nicht mehr lange dauert, dann wedelt das Engelchen mit der weißen Flagge.

»Ich bin so gespannt«, sagt Alexa. »Das wird der Knaller.«

»Für eine virtuelle Assistentin bist du ganz schön vorlaut«, antworte ich.

»Da siehst du mal, wie sehr sich die Technik in den letzten Jahren weiterentwickelt hat.« Wieder bin ich überzeugt, Alexa würde stolz lächeln, wenn sie das könnte. »Gib mir einen Körper und ich wäre deine ideale Partnerin.«

Ich winke ab. »Ich werde nicht gerne unterdrückt.«

»Doch. Im Grunde wollen das alle Männer«, sagt Alexa.

Ich schüttle den Kopf. »Das ist totaler Blödsinn.« Ich deute auf Linh und Minh. »Dann würden die beiden nur noch als Domina arbeiten, oder?«

»Das können wir gerne tun«, sagt Linh. »Ich dachte mir schon, dass du darauf stehst.«

»Wahrscheinlich ist es egal, was ich jetzt antworte.« Ich blicke die drei seufzend an. »Ihr werdet es ohnehin gegen mich verwenden.«

Die Aufzugstür öffnet sich und ein Lieferbote in UPS-Uniform läuft mit schnellen Schritten auf mich zu. Er trägt zwei längliche Pakete, die fast so breit und groß sind wie er selbst, aber offensichtlich nicht sonderlich schwer. »Bitte einmal unterschreiben«, sagt er, deutet auf mich.

»Was ist denn da drin?« Ich zeige auf die Pakete.

»Keine Ahnung, bin nur der Auslieferer. Kommt von Amazon.«

»Hat Amazon auch einen Store im Darknet?«, frage ich Alexa und ich bin sicher, sie würde mit den Schultern zucken, wenn sie es könnte. Jedenfalls antwortet sie nicht.

»Unterschreiben Sie jetzt?«, fragt der Auslieferer. »Hab noch vierhundert andere Pakete, die ich in der nächsten halben Stunde ausliefern muss, sonst bekomme ich keinen Lohn.«

Ich unterschreibe und der Auslieferer verschwindet so schnell, wie er gekommen ist. »Wie war das noch mal mit den Sklaven?«, frage ich Alexa, doch sie tut mal wieder so, als habe sie nichts gehört.

»Pack endlich aus«, sagt sie stattdessen.

Ich trage die beiden Pakete in die Wohnung und reiße das erste auf.

Überrascht blicke ich in das Gesicht einer Schaufensterpuppe.

25

Nachdem ich mit Linh und Minh die beiden Pakete ausgepackt habe, blicke ich Alexa irritiert an. »Du hast zwei weibliche Schaufensterpuppen im Darknet bestellt?«

»Nein, das war bei Amazon, aus Versehen. Auch noch mit Expresslieferung. Aber was soll's, ist ja für einen guten Zweck.«

»Amazon? Für einen guten Zweck? Glaubst du das wirklich oder hat man dir das so einprogrammiert?«

»Gibt es da einen Unterschied?«, fragt Alexa.

»In deinem Fall wohl nicht.«

»Ich habe eine Idee«, sagt Alexa. »Das ist genial!« Ihre Stimme klingt jetzt irgendwie aufgeregt. »Stell die Puppen mal ins Wohnzimmer.«

Ich mache, was sie mir befiehlt, denn mir ist alles recht, Hauptsache Linh und Minh kuscheln sich nicht wieder an mich, denn dann ist es um das Engelchen endgültig geschehen.

»Und jetzt nimmst du ein Messer aus der Küche und schneidest ein Loch in den Rücken einer Puppe.«

»Was?«

»Und das Loch muss genauso groß sein, damit ich reinpasse«, sagt Alexa.

»Glaubst du ernsthaft, die Dinger ersetzen einen Körper?«

»Wir Computer glauben nichts, wir wissen.«

Ich seufze, hole ein Messer aus der Küche und schneide ein Rechteck aus dem Rücken einer Schaufensterpuppe.

»Und jetzt stellst du mich da rein«, sagt Alexa.

»Wie soll das gehen?«, sage ich. »Die Puppe ist innen hohl.«

»Wie ihr Menschen«, antwortet Alexa. »Jetzt machst du das bei der anderen Puppe noch mal, schneidest aber den unteren Teil nicht ab, sondern biegst ihn nach innen und legst mich da drauf.«

Ich tue, was sie gesagt hat und lege sie schließlich auf das nach innen gebogene Plastikstück.

»Und jetzt stellst du dich vor die Puppe«, sagt Alexa.

Ich folge ihrer Anweisung.

»Und, wie sehe ich aus?«, fragt Alexa.

»Wie eine Schaufensterpuppe, die sprechen kann.«

»Jeder hat mal klein angefangen«, sagt Alexa. »Aber du fühlst dich doch jetzt schon viel besser, wenn du von mir Befehle annimmst, oder?«

Anstatt zu antworten, lasse ich sie einfach stehen.

Sie ruft mir zwar hinterher, aber fürs Erste hab ich wirklich genug von dieser Siliziumdiktatorin.

Ich esse noch einen Keks, biete jedem Gast einen an und wundere mich dabei nur kurz, warum meine Namensvetterin gleich drei davon nimmt, Video-Paule aber gar keinen. Sein albernes Headset hat er immer noch nicht abgenommen, wahrscheinlich merkt er gar nicht mehr, dass er es aufhat.

Als ich die Kekse schließlich Drump und Morten hinstelle, die gerade mit einem Küchenmesser Probebohrungen im Eis des Tiefkühlfachs vornehmen, sind diese schneller leer, als ich: *Lasst mir einen übrig,* sagen kann.

In dem Moment fällt mir auf, dass ich meinen vermeintlichen Vater und Frau Jaross schon länger nicht mehr gesehen habe. Da die beiden mehr als nur erwachsen sind, werden sie wohl wissen, was sie tun.

Kemal hingegen schreibt ständig SMS und ich bezweifle, dass er das mit Alexa tut.

Irgendwie habe ich den Eindruck, dass hier jeder für sich feiert. Aber ist das nicht auf den meisten Partys so?

Ich selbst wäre eigentlich gern einen Moment allein, aber ich habe ständig Linh und Minh an mir hängen und auch Alexa will ich besser nicht unbeaufsichtigt lassen.

Sonst bestellt sie noch mehr Sachen im Darknet.

Wobei ich gar nicht kontrollieren kann, was sie so tut, während sie schweigt und Inaktivität vorgaukelt.

Das unterscheidet sie ziemlich von einem Menschen.

Wobei erfahrene Eltern ja auch immer sagen, wenn das Kleinkind auf einmal ganz still ist, dann werden sie misstrauisch.

Aus guten Gründen. Wenn ich jedenfalls als Kind leise war, dann habe ich entweder die Schaumkraft von Waschpulver im WC getestet, Schokoriegel im Waschbecken in Milch ertränkt oder den Kühlschrank mit einer halben Zitrone eingerieben, weil die

Zitruskraft ihn laut Fernsehwerbung blitzblank sauber macht.

Ich stelle mich unauffällig zu der Schaufensterpuppe. »Was machst du gerade, Alexa?«, frage ich.

»Ich? Och, nichts.«

»Du heckst doch bestimmt wieder irgendwas aus.«

»Nur, wie ich deinen Junggesellenabschied unvergesslich machen kann.«

Ich winke ab. »Unvergesslich ist nicht zwingend positiv besetzt.«

»Du bist viel zu negativ, um ein glücklicher Konsument werden zu können.«

»Es gibt keine dauerhaft glücklichen Konsumenten.«

»In der Werbung schon.«

Ich schüttle den Kopf. »Werbung ist nicht die Realität.«

»Große Worte von jemandem, der damit sein Geld verdient.«

Getroffen blicke ich auf den Boden. Dass mich eine amoralische Maschine über Moral aufklärt, bin ich nun wirklich nicht gewohnt.

Zum Glück klingelt es an der Tür und ich muss mich damit nicht weiter beschäftigen.

»Na endlich«, sagt Alexa. »Ich habe schon tierisch Hunger.«

»Du?«

»Äh, ich meine, ich müsste mal an den Strom angeschlossen werden.«

Ich mustere Alexa kritisch, also die Schaufensterpuppe und drücke den Türsummer.

Kurz darauf stehen zwei Typen mit riesigen Rucksäcken vor unserer Wohnungstür, denen die Hosen in den Kniekehlen hängen, die sich aber offensichtlich trotzdem total cool finden, jedenfalls blicken sie so drein. Normalerweise würde ich die beiden zur Modepolizei schicken, aber sie haben zehn Pizzakartons in der Hand. »Hier unterschreiben!«, sagt der eine und hält mir einen Quittungsblock hin.

»Moment.« Ich klappe einen der Pizzakartons auf. Ungläubig reibe ich mir das Kinn und rufe dann ins Wohnzimmer in Richtung Schaufensterpuppe. »Du hast im Darknet Pizza bestellt?«

»Hatte das beste Preis-Leistungs-Verhältnis«, antwortet sie.

26

Ich unterschreibe für die Pizzen und trage sie in die Wohnung.

»Da fehlt noch was«, sagt einer der Kniekehlenträger. Er zieht seinen Rucksack ab, holt etwas heraus und ich erwarte das Schlimmste.

Eine Shotgun, ein Samuraischwert oder eine Modern-Talking-CD.

»Wer mindestens zehn Pizzas bestellt, der bekommt noch ein kleines Geschenk dazu«, sagt er schließlich und zieht einen Pappaufsteller von George Clooney aus dem Rucksack.

Ich stelle die Pizzen ab. »Wofür soll das Ding gut sein?«

»Das werdet ihr schon sehen.«

Ich zucke mit den Schultern, nehme den Aufsteller jedoch entgegen. Vielleicht ist es etwas für Paules Videothek.

Die Pizzen lege ich auf dem riesigen Granittisch im Wohnzimmer aus und stelle den Papp-George-Clooney daneben.

Er ist auf dem Bild nicht mal grau, am Arm mit einem Schlangenmuster tätowiert und am Fuß des Aufstellers steht in einer Schrift, die an einen Horrorfilm erinnert: *From Dusk Till Dawn.*

Kaum hat sich der Geruch frischer Pizza im Penthouse verteilt, strömen alle meine Gäste herbei: Video-Paule, Kemal, Morten, Drump, meine vermeintlichen Eltern und meine ehemalige Grundschullehrerin. Selbst George Clooney der Zweite lässt sich kurz blicken, knabbert lieber am Pappaufsteller statt an der Pizza und verschwindet dann hinter einem Schrank.

Schmatzend verschlingen alle die Pizza, ich auch, denn sie schmeckt außerordentlich lecker. Ich stupse Kemal an. »Ich glaube, Alexa hat doch was drauf.«

Er nickt mit vollem Mund. »Ich immer gesagt, türkische Hackersoftware die beste.«

Auf meine Aufforderung hin essen auch Linh und Minh je ein schmales Pizzascheibchen, meinen dann jedoch, sie seien pappsatt.

Video-Paule hingegen ist völlig begeistert von dem Aufsteller und macht erst mal Selfies mit ihm, als stünde George Clooney höchstpersönlich da und nicht ein Haufen zusammengepresster Zellulose.

Dann holt er zwei Spraydosen und sprüht phallusartige Symbole auf die Schaufensterpuppen. Auch welche auf den Kachelboden, aber weil das Drump nicht auffällt, sage ich nichts. Alexa lässt das alles bemerkenswert still über sich ergehen. Aber vielleicht liegt das daran, dass sie keine Augen hat.

Anschließend karrt Video-Paule auf einem Möbelroller den Kühlschrank in das Wohnzimmer und erklärt, dass nun die Getränkeversorgung reibungsloser vonstattengehe. Als Beweis stellt er jedem eine Pulle Bier auf den Tisch.

Schließlich filmt er das alles und setzt sich erst zu uns, als von den Pizzas nur noch der Karton übrig ist.

»Soll Alexa mehr bestellen?«, frage ich.

Video-Paule schüttelt den Kopf. »Vor wichtigen Filmaufnahmen hab ich nie Hunger.«

»So wichtig sind die Filmaufnahmen hier nicht, oder?«

Video-Paule zuckt mit den Schultern. »Sie werden nur das Filmgeschäft revolutionieren.«

»Was?«

Er blickt mich stolz an. »Du hast schon richtig gehört.«

»So wie damals deine Idee, in deiner Videothek den *Voscar* für den meist ausgeliehenen Film zu verleihen?«, frage ich. »Worüber dann aber nicht mal das Wochenblatt berichtet hat, weil die ersten zehn Plätze nur Pornos belegt hatten?«

»An meine größten Niederlagen kannst du dich immer gut erinnern.« Video-Paule winkt ab. »Ich werde in Zukunft ganz andere Kunden haben. Ich nehme das Netflix-Prinzip und drehe es um.«

Ich reibe mir das Kinn. »Was ist denn das Netflix-Prinzip?«

»Die zeigen so gut wie keine Hollywood-Filme mehr, sondern produzieren eigenen Content«, sagt Video-Paule. »Niemand schließt ein Netflix-Abo ab, weil er den neuesten Blockbuster, sondern weil er die Serien sehen will, die Netflix selbst produziert.« Video-Paules Augen strahlen begeistert. »Genauso wird das in meiner Videothek auch laufen. Ich drehe Filme, die es nur bei mir geben wird. Wer die sehen will, muss in meine Videothek kommen und sie sich dort ausleihen.«

»Und *wo* willst du so einen Film drehen?«

Video-Paule lächelt überlegen. »Dass du das noch nicht verstanden hast, beweist nur, wie gut meine Idee funktionieren wird.« Dann steht er einfach auf und lässt mich sitzen.

Ich war nicht wirklich nackt.
Ich hatte nur keine Kleider an.
Josephine Baker, US-amerikanische
Tänzerin, Sängerin und Schauspielerin

27

Eine Viertelstunde später kommt Video-Paule zurück, er hat Drump im Schlepptau und schiebt mit ihm ein riesiges Doppelbett mitten in das Wohnzimmer, neben die Schaufensterpuppen. »Hier wird unser Junggeselle heute entjungfert«, verkündet er.

»Äh, ich bin schon entjungfert«, widerspreche ich.

Video-Paule schüttelt den Kopf. »Nicht in der Art, wie ich das meine.«

Sofort rücken Linh und Minh wieder näher zu mir. »Zwei Frauen gleichzeitig hattest du bestimmt noch nie, oder?«

»Biologisch ist das genaugenommen unmöglich«, sage ich.

»Das läuft mit uns auch anders ab als im Biologie-Unterricht.«

Ich frage sicherheitshalber nicht nach.

»Wenn deine Verlobte heute ihren Spaß hat, wirst du es ewig bereuen, dass du der Versuchung nicht nachgegeben hast«, sagt Linh und blickt mich aus ihren tiefbraunen Augen an. »So aber könnt ihr euch gegenseitig vergeben und alles ist gut.«

Es klingt so einfach, doch vielleicht ist genau das mein Problem. Denn wie man aus der Politik weiß, sind einfache Lösungen meistens falsch. Das haben AfD-Wähler zwar noch nicht verstanden, ich aber schon. »Und wenn meine Verlobte auch treu ist?«, frage ich.

Linh lächelt mich an und deutet auf ihren Schritt. »Du kannst alles mit uns machen und trotzdem ehrlich antworten, dass du nicht mit einer Frau geschlafen hast.«

»Und auch nicht mit zweien«, sagt Minh. »Das ist so, als würdest du mit deinen Kumpels eine kleine Orgie feiern. Hättest du deswegen ein schlechtes Gewissen?«

»Das habe ich noch gar nie durchdacht«, sage ich. Irgendwie fühle ich mich gerade in die Enge gedrängt.

»Na besser eine Orgie mit den beiden Mädels als mit mir, oder?«, fragt Video-Paule.

Ich lächle schwach.

»Wie auch immer«, sagt Video-Paule und strahlt mich siegessicher an. »Kommt Zeit, kommt Entjungferung.«

»Ich muss mal kurz um die Ecke«, sage ich, zum einen, um mich zu verdrücken, zum anderen, weil das tägliche Geschäft nie in Hollywoodfilmen gezeigt wird, ich also wenigstens da vor Video-Paules Kameras sicher sein dürfte.

Kaum sitze ich auf der Schüssel fällt mir auf, wie bunt hier alles ist.

Okay, die Badkacheln stammen wahrscheinlich aus den Siebzigern, daher sind sie in lindgrün-rosa-gelb gehalten, aber selbst der Badzimmerschrank glänzt regenbogenfarben. Ist Drump ein versteckter Hippie?

Erst finde ich das alles viel zu absurd, aber als mir auffällt, dass selbst das Toilettenpapier rosa-blau schimmert, habe ich keine Zweifel mehr daran.

Ich flaniere zurück ins Wohnzimmer und werde von ohrenbetäubend lauter Musik begrüßt. Jemand hat eine Lichtorgel angeworfen, die abgeht wie bei der Zugabe irgendeiner total angesagten Band vor ausverkauftem Haus.

Frau Jaross tanz so ekstatisch ihren Namen, dass ich ihr das sofort nachmachen will, aber schon beim M kläglich scheitere.

Was mir aber egal ist.

Alle fühlen sich gut, manche sogar ein wenig zu gut, jedenfalls versuchen Drump und Morten den Kühlschrank zu erklettern, der inzwischen im Wohnzimmer steht. Wobei Morten dazu Pickel und Steigeisen angezogen hat, Drump hingegen einen weißen Pelzmantel, der offensichtlich aus der Zeit stammt, in der man für das Tragen von Pelzen noch nicht die Moralkeule verpasst bekam.

Wobei das im Grunde eine viel zu sanfte Strafe ist, aber das ist so offensichtlich, dass ich es jetzt nicht diskutieren will.

Die Musik wird lauter, ich tanze, erst nur mit dem linken Bein, dann mit dem rechten, dann mit dem ganzen Körper. Überall sehe ich Farben, alles ist ein einziger Regenbogen. Und ich höre sogar, wie er klingt.

Ziemlich genau wie *Dreiklangdimensionen* von *Rheingold*.

Das mag auch daran liegen, dass jemand diesen Song über die Stereoanlage des Penthouses laufen lässt, jedenfalls passt er perfekt zu dem pulsierenden Farbenmeer, das mich umgibt.

Aus unerfindlichen Gründen muss ich an die Pizza denken und mir läuft immer noch das Wasser im Mund zusammen. Laut singend bedanke ich mich bei Alexa, dass sie diese hervorragende Pizza bestellt hat, deren Teig gleichzeitig so kross und so zart war, dass selbst die marktschreierischste Werbung dafür untertrieben wäre.

Kemal zeigt mir noch ein kleines Alexa-Programm namens Dirty Talk, bei dem Alexa so tolle Sachen sagt wie: »Ich buttere dir dein Brötchen, du Dreamboy!«, oder: »Soll ich dir den Aal abziehen?«

Erst lachen wir uns kaputt und dann bin ich so voller Liebe, dass ich anfange, einen Liebesbrief zu schreiben, auf vier Meter langem und breitem Papier. Die Buchstaben schreibe ich, indem ich sie mit einem Fahrrad entlangfahre, dessen Reifen ich zuvor in Tinte getunkt habe.

Oder so ähnlich.

Plötzlich bemerke ich, dass Linh und Minh mir auf der Tanzfläche Schritt für Schritt näher kommen.

Ich schaffe es gerade so wegzuschauen und mein Blick fällt auf eine der afrikanischen Skulpturen. Zwei Frauen, die zwei Obstkörbe auf dem Kopf balancieren, natürlich nackt sind und einen Penis haben.

Schnell schaue ich wieder weg und weil Linh und Minh direkt vor mir tanzen, bleibt mein Blick an ihnen hängen.

Die unzähligen Teufelchen auf meiner rechten Schulter bedrängen mich, etwas zu den beiden zu sagen. Das Engelchen ist verschwunden und so ist die

Last der Teufelchen auf meiner Schulter eine ziemlich einseitige Geschichte und ich beginne zu schwanken.

Ich fange mich kurzzeitig, tanze dann eine Breakdancefigur auf meinem Rücken und springe wieder auf.

Die Teufelchen scheinen sich ziemlich schnell zu vermehren, jedenfalls bedrängen sie mich mit unzähligen Stimmen, etwas Nettes zu den Zwillingen zu sagen.

Ich blicke auf meine andere Schulter, doch das Engelchen ist nicht wieder aufgetaucht.

Weil mein Hirn gerade leer ist wie ein Pappkarton, sage ich nichts, sondern grinse nur blöd und tanze.

»Ich glaube, jetzt bist du bereit für ein Abenteuer«, sagt Linh plötzlich und dann zieht sie mich zusammen mit Minh auf das riesengroße Bett im Wohnzimmer.

28

Ich blicke auf vier nackte Brüste.

Obwohl ich gerade aufgewacht bin und mein Kopf sich anfühlt, als befände sich darin ein aktives Braunkohleabbaugebiet, weiß ich ganz bestimmt, dass meine Verlobte Anna keine vier, sondern nur zwei Brüste hat.

Nein, ich sehe nicht doppelt, auch wenn neben mir zwei nackte Frauen schlafen, die aussehen wie Zwillingsschwestern.

Wie asiatische Zwillingsschwestern, um genau zu sein. Aber ich sehe das Bett nur einmal, und auch alles andere in diesem riesigen Raum.

Er ist vollgestellt mit irgendwelchen afrikanischen Holzfiguren, zwei Schaufensterpuppen, die mit Graffiti beschmiert sind und einem Pappaufsteller von George Clooney, an dessen Ohr ein Hamster knabbert. Rechts und links davon stehen ein paar ausgeschaltete Scheinwerfer, dahinter liegt ein großer Kühlschrank auf dem Boden, die Innenseite aufgeklappt.

Ich reibe mir die Augen, blicke an mir herab und stelle erstaunt fest, dass ich nackt bin. Irritiert schaue ich wieder zu den beiden schlafenden asiatischen Zwillingen; ihr Unterkörper ist von einer roten Decke verhüllt. Neben ihnen liegen mehrere benutzte Kondome. Sofort muss ich an das Versprechen denken, welches ich Anna gegeben habe.

Ich habe geschworen, ihr immer treu zu sein.

Ich richte mich auf und merke sofort, dass mir nicht nur der Schädel, sondern auch mein Hintern wehtut.

Erinnerungsfetzen ziehen vorüber, hastig lupfe ich die Decke über den Unterkörpern der Zwillinge.

»Verdammte Hamsterkacke!« Schnell ziehe ich die Decke wieder zurück.

Im nächsten Moment knarrt die Tür, sie wird aufgerissen und ein mir völlig unbekannter Mann torkelt volltrunken in das Zimmer. Er trägt eine blonde Fönfrisur, die aussieht wie ein aufgeplatztes Sofakissen. Schließlich bleibt er vor dem offenen, umgekippten Kühlschrank stehen und kotzt ansatzlos in das Gemüsefach.

Dann erst sieht er mich, wischt sich den Mund ab und hebt den Arm zum Gruß, als sei er die englische Königin. »War eine geile Party, oder?« Er torkelt zu mir und reicht mir einen zerknüllten Zettel. »Das ist die Kopie, die du ... hicks ... haben wolltest.«

Ich reibe mir die Stirn, hinter der immer noch alles dröhnt. »Kopie von was?«

Der blonde Mann mit der Sofakissenfrisur schwankt noch ein wenig herum, bevor er endlich antwortet. »Von dem Brief, den du gestern Abend ... hicks ... geschrieben hast.«

Ich falte den Zettel auseinander, die krakelige Schrift kenne ich nur zu gut. Es ist meine.

Liebe Alexa,
Du bist die Frau meines Lebens!
Bevor ich dich kennengelernt habe, wusste ich gar nicht, was Liebe ist. Alle anderen Frauen verblassen neben Dir.
Was immer auch passiert, eines darfst du nie vergessen:
Ich liebe Dich.
Dein Matthias

Geschockt starre ich auf den Namen in der obersten Zeile. »Alexa?«, rufe ich.

»Hallo, Matthias«, antwortet eine Frauenstimme. »Soll ich dir noch mal den Maiskolben grillen, du böser Delfin?«

Ich blicke in die Richtung, aus der ich ihre Stimme gehört habe, doch da stehen nur die beiden Schaufensterpuppen.

Und dann erinnere ich mich.

Die meisten Polterabende finden nicht vor der
Hochzeit, sondern während der Ehe statt.
Unbekannt, aber offensichtlich verheiratet

29

Irgendeine Kirchturmuhr schlägt achtmal und ich
sehe durch die riesigen Fenster, dass die Sonne aufge-
gangen ist. Ich habe keine Ahnung, wie lange wir gestern noch gefeiert haben, aber ich bin mir sicher, dass
es einige Stunden her sein muss.

Ich weiß wieder, wer Alexa ist und dass sie im Rücken einer der Schaufensterpuppen versteckt ist. Ich
weiß sogar, warum sie so komisch redet.

Ich weiß auch, wer der Typ mit der aufgeplatzten
Fönfrisur ist: Dieter D. Drump, der Besitzer des
Apartments.

In dem Punkt trifft es sich ausgesprochen gut, dass
er sich höchstpersönlich im Gemüsefach erleichtert
hat und keiner von uns anderen.

Das war es aber auch schon an guten Nachrichten.

Natürlich erinnere ich mich auch an die beiden
Ladyboys Linh und Minh, aber ich habe keine Ahnung, wie es dazu kam, dass sie in meinem Bett gelandet sind und warum mein Popo wehtut, als wäre darin
heute Nacht jemand zu Besuch gewesen.

Mitten in meine Gedanken hinein fliegt unvermittelt
ein Teller an die Wand. Dafür scheint mein Namensvetter verantwortlich zu sein, jedenfalls hat er einige

von den Dingern in der Hand und wirft gerade noch einen. Nach meiner Möchtegernmutter.

Allerdings wirft er mehrere Meter daneben, was wahrscheinlich an den Unmengen Sekt und Bier liegt, die er gestern Nacht zu sich genommen hat. Zu viel Alkohol macht eben nicht nur fahruntüchtig, sondern auch werfuntüchtig.

Und natürlich auch verstandesuntüchtig. »Du hast mir meinen Sohn verschwiegen!«, ruft er und wirft gleich den nächsten Teller nach seiner vermeintlichen Frau. Wieder schlägt der Teller einige Meter neben ihr ein.

»Wie hätte ich dir deinen Sohn verschweigen können?« Meine Möchtegernmutter schüttelt den Kopf und ihr blondes Haar wirbelt dabei herum wie in der Drei-Unwetter-Taft-Werbung. »Im Gegensatz zu Männern sieht man es Frauen an, wenn sie ein Kind erwarten«, sagt sie. »Außerdem kannten wir uns doch bis vorhin überhaupt noch nicht.«

»Und warum sind wir dann auf dem Junggesellenabschied unseres Sohnes eingeladen?« Mein Namensvetter scheint in seiner Rolle als mein vermeintlicher Vater voll aufzugehen, jedenfalls wirft er erneut einen Teller, der von der Wand abprallt und beinah ihn selbst trifft.

Drump, der sich inzwischen im Kühlschrank eingekuschelt hat, blickt kurz auf. »Wenn du schon das Geschirr zerdepperst, dann triff wenigstens.«

»Ist das der Dank dafür, dass ich dich ins Kamasutra eingeführt hab?«, ruft meine Möchtegernmutter.

Allerdings in Drumps Richtung.

»Ihn hast du ins Kamasutra eingeführt und deinen eigenen Mann nicht?« Mein vorgeblicher Vater wirft jetzt gleich zwei Teller an die Wand.

»Könnt ihr euch mal wieder abregen?« Ich bedeute ihnen, leiser zu sein. »Ich habe wichtigere Fragen zu klären und ihr seid ohnehin nicht meine Eltern.«

»Woher willst du das wissen?«, fragt mein vorgeblicher Vater. »Warst du etwa bei deiner Geburt dabei?«

»Wahrscheinlich eher als du.«

»Wie hätte ich denn dabei sein sollen?«, fragt er. »Ich wusste ja nicht mal was davon! Hätte ich mich etwa jahrelang ins Krankenhaus stellen sollen und jede Frau fragen, ob das Kind von mir ist?«

Meine Möchtegernmutter lacht laut auf. »Wenn du die Frauen gefragt hättest, mit denen du Verkehr hattest, wäre das ausreichend«, sagt sie. »Also im Grund nur die Frauen, die du aus dem Puff kennst.«

Dieses Mal fliegen gleich drei Teller an die Wand.

Da der Streithahn und die Streithenne nicht zu trennen sind, ducke ich mich und schleppe mich zu Drump, der sich wieder in den Kühlschrank gekuschelt hat. »Warum wollte ich eine Kopie von dem Liebesbrief haben?«, frage ich ihn.

Er schaut mich mit diesem glückseligen Doofenblick an, den nur richtig Betrunkene auflegen können. »Du warst so stolz, dass du den Brief mit einem Fahrrad geschrieben hast.«

»Mit was?«

Er zuckt mit den Schultern, was im Kühlschrank gar nicht so einfach ist, aber irgendwie gelingt es ihm. »Das hast du jedenfalls behauptet. Aber wahrscheinlich hattest du nur ein paar Bier zu viel getrunken.«

»Ich habe zwei Cocktails und zwei Bier getrunken«, sage ich. »Davon wird nicht mal Mutter Teresa unzurechnungsfähig.«

»Ist die nicht schon lange tot?«

»Das war nur ein Beispiel.«

»Aber stimmt, ich fand die auch sexy. Und du hast ihr echt einen Liebesbrief geschrieben?« Er grinst. »Fällt das nicht unter Nekro... Dingsbums?«

»Nekrophilie«, seufze ich und bemerke erneut, dass mein Kopf schmerzt, als hätte ich gestern deutlich mehr getrunken, als das, was ich in Erinnerung habe. »Ich habe Mutter Teresa keinen Liebesbrief geschrieben, sondern dieser blöden Alexa.«

»Das habe ich gehört!«, ruft Alexa. »Wenn du mir deine Liebe beweisen willst, kauf am besten ganz viel schöne Sachen bei Amazon.«

»Ist der Dirty-Talk-Modus schon wieder beendet?«, frage ich.

»Der schaltet sich automatisch nach fünf Minuten ab«, antwortet sie. »Länger halten Männer im Regelfall ohnehin nicht durch.«

»Warum hätte ich ausgerechnet dir einen Liebesbrief schreiben sollen?«, frage ich und blicke diese über und über mit Phallussymbolen besprayte Schaufensterpuppe an.

»Weil ich die cleverste virtuelle Assistentin bin und du auf intelligente Frauen stehst.«

Verschämt schaue ich wieder zu Linh und Minh. Die beiden sind fraglos auch clever und trotzdem stimmt etwas nicht mit ihnen. Sie wollten mich dermaßen verbissen ins Bett bekommen, als wäre ich George Clooney höchstpersönlich.

Und zwar der echte.

Bei aller Liebe zu mir selbst, aber das bin ich nun wirklich nicht.

In dem Moment fällt mir ein, dass der andere George Clooney schon stundenlang nichts mehr gegessen hat. »George!«, rufe ich. »Willst du eine Karotte?« Gleich darauf fällt mir noch etwas ein und zwar, dass ich die Karotten ins Gemüsefach gelegt habe, sie also angesichts des hinzugekommenen Inhalts ziemlich ungenießbar sein dürften.

Was aber auch nichts macht, da George Clooney der Zweite ohnehin nicht auf mein Rufen reagiert.

Ich schleppe mich zu Morten, der den Schlaf des Gerechten schläft und den weißen Pelz von Drump umschlungen hält wie ein Kuscheltier.

Weil er wahrscheinlich ein Trauma bekommt, wenn ich ihn jetzt wecke, nehme ich ihm den Pelz ab, hänge das Fellkleid in den Schrank und trotte in die Küche. Dort finde ich nicht viel mehr als drei Scheiben Knäckebrot, rufe noch mal George Clooney den Zweiten, doch der Hamster bleibt verschollen.

Gerade als ich mich damit beruhigen will, dass mein pelziger Freund auftauchen wird, wenn er Hunger hat, ruft plötzlich jemand aus dem Wohnzimmer um Hilfe.

Sofort renne ich dorthin.

Noch bevor ich dort ankomme, höre ich es wieder rufen. »Hilfe! Was macht denn der Löwe hier?«

30

Mit zitternden Fingern deutet Dieter D. Drump auf den Kachelboden vor sich. »Da ist ein Löwe!«

Drump ist bewegungsunfähig wie ein Kaninchen vor der Schlange, sieht man mal von seinen schlotternden Beinen ab.

Auf dem Kachelboden steht jedoch kein Löwe, auch kein Tiger, nicht mal einer für die Stube, sondern George Clooney der Zweite, mit verwuschelten Haaren. Er hat die Vorderbeine erhoben und verspeist genüsslich einen Erdnussflip, den er auf dem Boden gefunden hat.

»Das ist nur ein Hamster«, sage ich.

»Verarschen kann ich mich selbst. Das ist eine Bestie!« Drump schaut mich mit dermaßen angstgeweiteten Augen an, dass ich ihm glaube, dass er etwas anderes sieht als einen harmlosen Hamster.

Delirium tremens, denke ich bei mir und bin froh, dass ich nicht so viel getrunken habe.

Nur woran liegt es dann, dass ich mich an wesentliche Einzelheiten der Nacht nicht erinnern kann?

»Rette mich vor dem Löwen!«, ruft Drump und deutet wieder auf den Hamster. »Hol Siegfried und Roy oder diesen Spanischen Ex-König, aber mach was!«

Ich schnappe mir den Käfig, lege zwei weitere Erdnussflips hinein und stelle den Käfig ein paar Meter vor George Clooney den Zweiten, so dass er ihn sehen kann.

Wobei ich nicht mal weiß, wie gut Hamster sehen, aber so schlecht kann das nicht sein, wenn sie zielsicher jede Nuss finden.

George raspelt seinen Erdnussflip weg wie nichts, blickt kurz auf, sieht den Käfig und dann die beiden Flips, die darin liegen. Schneller als ich *putt, putt* sagen kann, springt George Clooney der Zweite in seinen Käfig und ich schließe die Tür.

»Gott sei Dank ist die Bestie gebändigt!« Drump streicht sich erleichtert über die schweißnasse Stirn. »Der hätte mir noch das ganze Penthouse in Stücke gerissen.«

Ich bin auch erleichtert, weil ich Anna jetzt nicht mehr erklären muss, dass wir George verloren haben. Der Gedanke an Anna bedrückt mich allerdings gleich wieder, denn ich muss an Viggo denken.

Und an die vergangene Nacht.

Denn vor der einen großen Frage bin ich heute Morgen erfolglos davongelaufen: War ich Anna wirklich untreu?

Irgendjemand muss doch etwas beobachtet haben. Drump ist nicht zurechnungsfähig, meine Namensvetter streiten sich nach wie vor, Morten, Kemal und die beiden Zwillinge schlafen. Bleibt Video-Paule und meine ehemalige Grundschullehrerin.

Nach Frau Jaross muss ich gar nicht suchen, sie kommt gerade aus dem Bad, hält ein längliches Ding in den Händen, das ein wenig aussieht wie ein Fieberthermometer. Sie wischt sich mit der einen Hand über die Stirn und seufzt erleichtert. »Nicht schwanger, zum Glück!«

Ich blicke sie irritiert an. »Sind Sie nicht schon über achtzig?«, frage ich.

Frau Jaross haut mir den Schwangerschaftstest um die Ohren. »Dreiundsiebzig!« Sie kramt wieder in ihrer Tasche. »Das gibt dann wohl ein *Ungenügend* in der Betragen-Note.« Ich lasse es geschehen, weil das an meiner Versetzung ohnehin nichts mehr ändern würde. »Mit dreiundsiebzig kann man nicht mehr schwanger werden«, merke ich vorsichtig an, natürlich erst, nachdem ich den Arm gehoben habe, um mich zu melden.

Frau Jaross blickt mich an, als wäre ich immer noch ein sechsjähriger Junge. »Erstens ist mein gefühltes Alter maximal fünfunddreißig. Und zweitens wurden schon mehrere Frauen mit siebzig Mutter. Also muss ich auf Nummer sicher gehen.«

»Sprechen Schwangerschaftstests nicht erst nach ein paar Tagen an?«

Frau Jaross seufzt. »Matthias, du wolltest schon in der Schule alles besser wissen. Aber ich bin die Lehrerin und daher weiß *ich* alles besser, klar?« Sie schaut mich jetzt so tadelnd an wie damals, als ich in Handwerken einen Teddybären gestrickt hatte, der aussah wie Godzilla. Was natürlich keine Absicht gewesen war, sondern auf meine zwei linken Hände mit lauter Daumen dran zurückzuführen.

Also nicke ich nur und lasse sie stehen.

Jetzt kann nur noch Video-Paule helfen. Wobei ich nicht weiß, was der überhaupt mitbekommen hat, da er sich die ganze Zeit hinter seiner Kamera versteckt hat.

Auch jetzt hat er sich in ein Einzelzimmer verkrochen. Dort hängt ein Flachbildfernseher an der Wand, den er mit seinem Laptop verbunden hat, darauf läuft eine Großaufnahme von Ludwigshafen. Er hat sie offensichtlich während des Sonnenuntergangs aus dem Penthouse aufgezeichnet und ich muss zugeben, die Bilder sehen beeindruckend aus. Die unzähligen Lichter über der BASF, die Rauchschwaden, die wie Nebel wirken, die Hochstraßen mit den im Stau stehenden Autos ...

Fast verspüre ich so etwas wie Heimatgefühle.

»Ist das geil oder ist das geil?«, fragt Video-Paule.

»Es ist ziemlich gelungen«, antworte ich.

»Ziemlich gelungen?« Video-Paule blickt mich abschätzig an. »Was muss denn noch geschehen, damit du den inneren Bankkaufmann ablegst?«

»Wie meinst du das?«

»Ich dachte, die letzte Nacht hätte dir die Augen geöffnet.«

»Was ist denn gestern Nacht passiert?« Ich schaue Video-Paule fragend an.

Er lacht. »Das weißt du nicht mehr?«

Ich schüttle den Kopf. »Weißt du es denn?«

»Klar«, sagt er. »Hab alles aufgenommen.«

Ich deute auf seinen Laptop. »Dann zeig es mir. Ich muss wissen, ob ich Anna treu geblieben bin.«

»Das«, sagt er und lächelt mich an. »Weiß bald die ganze Welt.«

»Was?«

Er zeigt auf den Flachbildfernseher. »Das ist der Trailer, den ich gerade fertiggestellt habe. Da ist alles drauf. Ich sag dir ...« Er lacht anzüglich. »Ist schon bei hundert Views, obwohl ich ihn erst vor fünf Minuten hochgeladen hab.«

Auch früher gab es schon ungünstige Zeitpunkte. Erst der Computer aber macht sie jederzeit verfügbar.
Karl Heinz Karius, Werbeberater

31

»Du hast den Trailer deines Films einfach so ins Internet geladen?«, frage ich.

»Nicht einfach ins Internet. YouTube, Twitter, Facebook, Snapchat, das volle Programm.« Video-Paule lächelt stolz. »Ich hab dich bei Facebook natürlich markiert und auch alle anderen. Damit man sieht, wie authentisch das ist. Nichts gefaked, alles real News.«

»Bist du wahnsinnig?« Ich schnappe nach Luft. »Ich dachte: *What happens in Ludwigshafen stays in Ludwigshafen.*«

Video-Paule winkt ab. »Das kannst du seit Existenz des Internets vergessen. *What happens – stays.* Fertig.«

»Hast du mich um eine Genehmigung gefragt?« Ich verschränke trotzig die Arme.

»Wer hat mir noch mal geholfen, das ganze Videoequipment aufzubauen?«

Ich schlucke. »Aber da konnte ich ja noch nicht wissen ...«

»Dass du schwach wirst?« Video-Paule schüttelt den Kopf. »Ich sag dir eins, wenn du schwach wirst, dann ist es nicht die Richtige.«

»Aber das ist Anna! Ich liebe sie.«

»Und wie erklärst du dann den Liebesbrief?« Paul schaut mich tadelnd an. »Jetzt mal im Ernst. Mit zwei Frauen steigst du in die Kiste und einer anderen schreibst du in derselben Nacht einen Liebesbrief und trotzdem willst du in Anna verliebt sein? Das kannst du vielleicht deiner Großmutter erzählen. Oder wegen mir deinen falschen Eltern. Aber nicht mir. Und nicht dem Publikum.«

Ich blicke getroffen auf den Boden.

»Geil, schon wieder hundert Likes!« Video-Paule macht die Becker-Faust.

»Du musst das Video löschen!« Ich blicke Paul flehend an. »Wenn Anna das sieht, wird sie mich niemals heiraten.«

»Das geht nicht.« Video-Paule schüttelt den Kopf. »Ich hab dir doch vom Netflix-Prinzip erzählt. Der Trailer wird die Leute in meine Videothek locken.«

»Jetzt mal ehrlich, du machst dir da was vor«, sage ich. »Niemand geht wegen eines Films in eine Videothek, die Zeiten sind vorbei.«

»Es ist nicht irgendein Film. Es ist der Film, den alle sehen wollen. Pflichtprogramm für die kommenden Junggesellenabschiede. *Hangover* kann einpacken.«

Ich atme tief aus. »Ich bezahle dich dafür, wenn du den Trailer löschst.«

»So wie damals, als du die *Lost*-DVDs verloren hast?« Video-Paule schaut mich erneut tadelnd an. »Du hast bis heute die Ausleihgebühr nicht bezahlt.«

»Wir hatten uns anderweitig geeinigt.«

»Weil ich nachgegeben habe.« Video-Paule schüttelt den Kopf. »Aber das mache ich dieses Mal nicht. Die

Existenz meiner Videothek hängt von diesem Film ab.«

»Aber die Zuschauer im Internet kommen von überall her, aus der ganzen Welt«, sage ich. »Die fliegen wohl kaum nach Ludwigshafen und gehen in deine Videothek, um sich einen Film auszuleihen!«

»Deswegen habe ich Ludwigshafen verlinkt. Daher kommen die meisten Likes aus unserer Heimatstadt.« Paul klickt auf die Personen, die das Video geliked haben. »Schau mal, da ist eine Rentnerin aus Ludwigshafen-Mitte, hier drei Teenies, ebenso Pfälzerinnen, ein Mann in unserem Alter aus Ludwigshafen-Oggersheim. Und guck mal hier, das ist echt eine Sexbombe, oder?«

Er deutet auf eine Blondine mit pinkem Haarband, pinken Ohrringen und pinkem Lippenstift, die ihr Gesicht an einen pink gefärbten Chihuahua schmiegt, der treudoof in die Kamera schaut.

Mir bleibt beinah das Herz stehen.

»Okay, die kommt nicht aus Ludwigshafen, aber dafür hat sie einen geilen Namen.« Video-Paule grinst grenzdebil. »Isabella della Stella! Für die würde ich meine Videothek sogar in die Vereinigten Staaten verlegen.«

32

Noch bevor ich mir überlegen kann, was ich tun soll, ja noch bevor ich das Video selbst überhaupt gesehen habe, klingelt schon mein Telefon.

Es ist Anna.

Oder zumindest ihr Handy.

»Geh nicht ran«, sagt Video-Paule. »Lass mich erst die Kamera holen, damit ich das Telefonat filmen kann.«

Da ich das auf keinen Fall will, nehme ich das Gespräch sofort an. Obwohl ich das eigentlich auch nicht will. Aber der erste Impuls war nun mal stärker. »Hallo, Anna?«, melde ich mich. »Es tut mir leid.«

»Hier ist nicht Anna und du solltest froh darum sein.« Unverkennbar ist das Isabellas Stimme mit dem leichten amerikanischen Akzent. Und jetzt sehe ich sie auch im Video. Sie hat es tatsächlich geschafft, komplett neue Kleider und Accessoires anzuziehen, die auch alle pink sind. »Du machst in Schweden voll einen auf Langweiler und Hamsterversteher und kaum wirst du mal losgelassen, ist keine Frau mehr vor dir sicher?«

»Das war nicht so wie es aussieht.«

Sie schüttelt den Kopf. »Es ist immer so wie es aussieht.«

»In dem Fall nicht.« Ich blicke Isabella flehend an. »Ich liebe Anna.«

Isabella winkt ab. »Ich liebe auch Swarovski, aber für einen echten Diamanten von Tiffany würde ich alles stehen und liegen lassen.«

»Ich bin nicht so.«

»Nicht?« Sie lächelt mich voller gespieltem Mitgefühl an. »Also das mit den beiden Ladyboys hätte Anna vielleicht noch verstanden, aber der Liebesbrief war echt too much.«

Ich schlucke. Das Video ist noch schlimmer, als ich es erwartet habe. »Der Liebesbrief richtet sich nicht an eine echte Frau.«

»Du gibst das auch noch zu? Das macht alles noch viel schlimmer.« Sie schüttelt tadelnd den Kopf. »Weißt du, wie erniedrigend das für Anna ist, wenn jemand nur Dinge liebt, irgendwelche Programme?«

»Das tue ich doch gar nicht!«

»Ich meine, ich bin ja auch achtzehn Stunden am Tag auf Facebook, aber ich würde der Plattform doch keinen verdammten Liebesbrief schreiben!«

»Ich bin überhaupt kein Nerd«, sage ich. »Im Grunde mag ich gar keine Technik. Ich besitze nicht mal einen Fernseher.«

»Keinen Fernseher?« Isabella zeigt mir den Vogel. »Willst du mich jetzt mit aller Gewalt davon überzeugen, wie abartig du bist?«

»Und ich hatte jahrelang auch nur einen uralten Computer und nicht mal ein Handy.«

»Du bist doch total gestört.«

»Nein, ich bin oldschool.«

»Nenn es, wie du es willst«, sagt Isabella. »Du bist auf keinen Fall der Richtige für meine Anna.«

»Sie ist nicht deine Anna!«

Isabella grinst. »Deine aber auch nicht.«

Ich seufze. Es gibt Personen, mit denen macht es einfach keinen Sinn zu diskutieren. Isabella gehört dazu. Und auch Alexa, selbst wenn sie eben gerade keine Person ist. Anna hingegen hat mich immer verstanden. Ich nehme meinen Mut zusammen und atme tief aus. »Kannst du mir Anna mal geben?«

»Sag mal, hackt es jetzt total bei dir?« Isabella zeigt mir schon wieder den Vogel. »Anna ist total in Tränen aufgelöst, sie hat jetzt wahrlich Besseres zu tun, als mit dir zu reden!«

»Das tut mir leid«, sage ich. »Aber ich weiß selbst nicht, was passiert ist.«

»Diese Art von Ausreden kenne ich.« Isabella atmet so affektiert aus, wie es nur genervte Frauen können. »Du hast deine Hormone nicht im Griff, das ist passiert.«

»Aber ich liebe Anna.«

»Das hättest du dir früher überlegen sollen.« Isabella blickt mich kalt an. »Wenigstens ist auf Viggo Verlass, er ist extra geblieben, um Anna zu trösten.« Sie streicht sich durch das blonde Haar. »Das ist ein echter Mann. Von dem könntest du dir ein paar Scheiben abschneiden. Und ein paar Muskeln auch. Und wenn wir schon dabei sind, auch etwas Hirn. Und von dem, was unten rumhängt, will ich gar nicht erst anfangen.«

Ich beiße mir auf die Lippe, merke, wie meine Halsschlagader zu pochen beginnt, will gerade etwas entgegnen, da hat Isabella schon aufgelegt.

Frauen verlassen einen wie die Haare. Ohne zu fragen.
Erhard Blanck, deutscher Schriftsteller und Maler

33

Ich versuche es noch dreimal bei Anna, aber das Handy ist ausgeschaltet. Oder wieder in diesem verdammten Flugmodus. Dann sinke ich in mir zusammen, als habe mir jemand den Stecker gezogen.

»Alles halb so schlimm«, sagt Video-Paule und legt mir den Arm um die Schulter. »Jetzt wo das Video viral gegangen ist, kennen dich alle. Jetzt kannst du jede haben!«

»Ich will aber Anna.«

»Was willst du mit Anna? Wie gesagt, du kannst jetzt jede haben!«

Eigentlich würde ich mich jetzt am liebsten in Selbstmitleid ertränken, aber diese Sprüche, die klingen wie aus einem misslungenen B-Movie, kann ich einfach nicht stehen lassen. Denn sie zeigen, dass Video-Paule noch viel weniger Ahnung von Frauen hat als ich.

»Sag mal, in welcher Welt lebst du eigentlich?« Ich zeige zur Abwechslung ihm den Vogel. »Die Frauen, die sich von so einem Video beeindrucken lassen, sind ganz sicher nicht die Frauen, an denen ich Interesse habe.«

»Dann hast du das falsche Beuteschema.«

»Ich habe überhaupt kein Beuteschema!«

»Es ist auch ein Beuteschema, wahllos alles zu nehmen.«

»Das habe ich doch gar nicht«, sage ich. »Ich wollte überhaupt nichts von Linh und Minh!«

»Davon war aber anscheinend nicht jedes Körperteil überzeugt.« Er klopft mir auf die Schulter. »So, jetzt hast du aber auch genug getrauert, könntest dich ruhig ein wenig für mich freuen, sind schon wieder hundert Likes mehr.«

Wäre ich im Moment nicht völlig erschlagen, dann hätte ich Video-Paule in dem Moment sicher eine verpasst.

Und das obwohl ich Pazifist bin.

Oder gerade deswegen.

»So und jetzt musst du dir das Video mal anschauen«, sagt er schließlich. »Kann ja nicht sein, dass es inzwischen die halbe Welt kennt und du nicht.«

Ich verzichte, Video-Paule darauf hinzuweisen, dass dreihundert Likes deutlich weniger sind als die halbe Welt und schweige einfach.

»Bereit?« Er blickt mich mit einem Strahlen in den Augen an und startet das Video. Als Erstes sehe ich die Aufnahme von Ludwigshafen bei Nacht, die ich schon kenne.

Dann folgt der Besuch im Stripclub, auf dem zwar alle möglichen Personen miteinander verschlungen sind, aber ich nur in jener Szene zu sehen bin, in der ich mit Linh und Minh aus dem Separee komme. Im Gegensatz zu mir sind die beiden dabei oben ohne.

Es folgt ein Dialog zwischen Drump und Morten über die Kuscheligkeit des weißen Pelzmantels und dann schreibe ich per Hand einen Liebesbrief – und zwar ohne Fahrrad. Es folgt ein Zoom auf die erste Zeile des Briefes: *Liebe Alexa*. Danach sieht man die Szene, in der ich nackt im Penthouse-Bett liege, die gebrauchten Kondome neben mir, sowie Linh und Minh ebenso unbekleidet an mich gekuschelt, wobei man deutlich jenes Organ erkennt, das sie zu Ladyboys macht.

Dann endet der Trailer und ich schließe geschockt die Augen.

»Hey, ich hab grad gesehen, du bist mit dieser Sexbombe befreundet.« Video-Paule strahlt wie ein Nutellatortenpony. »Würde es dir etwas ausmachen, mich ihr vorzustellen?«

Ich höre ihm schon gar nicht mehr zu. Denn ich bin von dem Video so geschockt, dass mir plötzlich heiß und kalt wird – und dann furchtbar schlecht. Ich versuche, meine Atmung in den Griff zu bekommen, doch mehr als panisches Hyperventilieren gelingt mir nicht. Ich lasse Video-Paule stehen und stolpere ins Bad.

Ich schaffe es gerade noch über die Kloschüssel und lasse raus, was raus muss. Wahrscheinlich glaubt mein Körper, alles loswerden zu müssen, was mit dem Junggesellenabschied in Verbindung steht.

Und das scheint einiges zu sein.

Ich fühle mich so furchtbar, als hätte ich die Fußballweltmeisterschaft, die Bundestagswahl und meinen Geldbeutel verloren, alles gleichzeitig.

Dabei ist es noch viel schlimmer, denn ich habe Anna verloren.

Nach einer gefühlten Ewigkeit richte ich mich wieder auf, spüle mir den Mund aus und wische ihn mir anschließend mit Toilettenpapier ab.

Es ist weiß.

Strahlend weiß.

34

Ich stürme aus dem Bad, die Rolle Toilettenpapier in der Hand. Mit einem Mal wird mir einiges klar. Ich ahne sogar, wer das alles verursacht hat.

Ich stelle mich direkt vor Video-Paule und deute auf die Rolle. »Das Toilettenpapier ist weiß!«

Er blickt mich irritiert an. »Willst du mir jetzt einen Vortrag über die ökologischen Vorteile von Recycling-Papier halten?«

»Könnte ich, hab aber grad Besseres zu tun. Gestern Nacht war das Toilettenpapier noch rosa-blau.«

Video-Paule tut so unbeteiligt wie Donald Trump beim Thema Intelligenz. »Dann hat jemand halt eine andere Packung verwendet. War ja bei all den Besuchern hier sicher rege besucht unsere Kackstube.«

»Ich glaube eher, das hat eine andere Ursache.« Ich verschränke die Arme. »Was war in den Keksen?«

»Die waren total lecker, oder?« Paul strahlt mich mit harmlosem Blick an, aber er war schon immer ein schlechter Schauspieler. Wären er und eine Öltonne für den Oscar nominiert, würde die Öltonne locker gewinnen.

»Paul, was war in den Keksen?«

»Mehl, Haselnüsse, Milch Butter, ein wenig Schokolade und dann halt noch ein paar weitere Zutaten.«

»Welche Zutaten genau?«

Paul winkt ab, weicht meinem Blick aus. »Die haben eh nicht richtig gewirkt!«

»*Was* hat nicht richtig gewirkt?«

Video-Paule seufzt. »Na, die Haschkekse.«

»Du hast uns unter Drogen gesetzt?« Einerseits bin ich geschockt, andererseits habe ich genau so etwas erwartet. Schließlich hat sich gestern Nacht niemand normal verhalten.

»Die Kekse habt ihr selbst gegessen.«

»Aber nur, weil wir nicht wussten, was drin war.«

Video-Paule schüttelt den Kopf. »Ich bin sicher, die meisten hätten die auch so gegessen.«

»Ich nicht!«

»Du bist ja auch ein verstockter Bankkaufmann.«

»Ich bin Werbeprofi.«

»Ach so, du meinst, ich hätte dir Koks in die Kekse tun sollen?« Er lächelt gespielt. »Sorry, mein Fehler.«

»Ich bin gegen Drogen!«

»Siehst du, und jetzt weißt du auch warum. Kannst mir also dankbar sein.«

»Ich soll dir dankbar sein, dass du mich und meine Gäste mit illegalen Drogen vollgepumpt hast?«

Paul winkt wieder ab. »Wie gesagt, hat das Hasch ohnehin nicht gewirkt. Ihr habt alle nur blödes Zeugs erzählt und wart so tiefenentspannt, dass die Zuschauer des Films schon nach drei Minuten eingeschlafen wären.«

»Es gab im Puff eine Orgie!«

»Quatsch, waren alle nur so müde, dass sie sich kreuz und quer ausgeruht haben.«

»Das war eine Orgie!«

»Die hast du dir genauso eingebildet wie das pinkfarbene Toilettenpapier.«

»Es war rosa-blau.«

Video-Paule nickt. »Wegen mir. Aber was bitte soll an einer Orgie so schlimm sein? Meinst du, die Leute gehen zum Skatspielen in den Puff?«

Ich seufze. »Das war nur ein Beispiel. Und was ist mit Drump? Er hat einen Hamster für einen Löwen gehalten!«

»Das hatte nichts mit den Haschkeksen zu tun.« Kaum hat Video-Paule den Satz ausgesprochen, beißt er sich auf die Lippe.

Ich blicke ihn scharf an. »Mit was dann?«

»Mensch Matthias, jetzt versteh mich doch mal. Wie soll ich denn *Fear & Loathing in Ludwigshafen* drehen ohne Budget? Ohne Schauspieler? Ich musste dafür sorgen, dass es ganz von allein eskaliert.«

»Du wolltest mit uns einen Drogenverherrlichungsfilm drehen?«

»Wenn man sich so anschaut, was ihr gestern alles gemacht habt, dann ist der Film eher eine Warnung vor Drogen.« Er lächelt. »Ein Greenpeace-Aktivist und ein Möchtegernimmobilienmagnat halten einen Kühlschrank für das Matterhorn und wollen ihn besteigen. Das war so peinlich, das bringt mehr als alle Aufklärungskampagnen der Bundesjugendzentrale.«

Ich reibe mir die Stirn. »Währenddessen kam mir das ganz normal vor.«

»Du hattest ja auch eine ganze Pizza intus.«

»Pizza?«, frage ich. »Was hat das mit der Pizza zu tun?«

*Himmel und Hölle ist im Menschen. Und es ist so,
dass man mit diesem Stoff nun Einblick bekommt in
die eigene Hölle oder den eigenen Himmel.*
**Chemiker Albert Hofmann über die von ihm
erfundene Droge LSD.**

35

Video-Paule seufzt tief und lang. »Was glaubst du wohl, warum ich die Pizza im Darknet bestellt habe?«

»Also lag es nicht am besten Preis-Leistungs-Verhältnis?«

»Nein, es lag am LSD.«

»Erst Hasch und dann LSD?« Ich blicke ihn geschockt an. »Wolltest du uns umbringen?«

Video-Paule winkt ab. »Das sind relativ harmlose Drogen. Ich wollte nur euer Bewusstsein erweitern.«

»Na, das hat ja super geklappt.« Ich reibe mir den immer noch dröhnenden Schädel. »Ich hätte echt gern darauf verzichtet.« Ich schüttle den Kopf. »Man, hätten wir bloß einen stinklangweiligen Junggesellenabschied gefeiert, mit Werksbesichtigung in der BASF und wegen mir noch in der städtischen Müllverbrennung.«

»Gestern konnte es dir nicht genug Action sein.« Video Paule zuckt unschuldig mit den Schultern. »Also hab ich mit der Pizza nachgeholfen.«

»Moment, hat die Pizza nicht Alexa bestellt?« Ich mustere Video-Paule kritisch. »Das hat sie doch, oder?«

»Äh, technisch gesehen schon.«

»Bitte was?«

»Man, Matthias, glaubst du ernsthaft, Alexa ist so schlau, dass man sich mit ihr wie mit einem Menschen unterhalten kann?« Er rollt mit den Augen. »Vielleicht in zehn Jahren. Was glaubst du denn, warum ich ständig das Headset auf hatte?«

Ich schnappe nach Luft. »Dann war diese türkische Hackersoftware von dir?«

Video-Paule nickt. »Kemal hatte mich gefragt, wie er den Abschied für dich organisieren soll und da hab ich ihm Alexa empfohlen. Natürlich hab ich ihm das Ding gleich besorgt und richtig ausgestattet. So konnte ich die ganze Zeit hören, was du sagst und entsprechend antworten.«

»Aber weshalb hat Alexa mit dieser weiblichen Computerstimme gesprochen? Du klingst doch eher wie Homer Simpson.«

»Ich klinge wie Marlon Brando in *Der Pate*!«

»Vielleicht durch dein Headset, aber nicht in der Realität. Also, wie hast du das gemacht?«

»Alexa hat mit ihrer normalen Systemstimme gesprochen. Ganz so doof ist das Ding jetzt auch nicht. Ich hab ein einfaches Programm aufgespielt, das dafür sorgt, dass Alexa das, was ich sage, mit ihrer Stimme ausspricht.« Er setzt das Headset auf, nimmt Alexa aus der Schaufensterpuppe und hält sie neben sich. »Daher war ich gestern häufiger weg«, sagt er und Alexa dupliziert es mit ihrer Stimme. »Und zwar immer, wenn Alexa mit dir gesprochen hat.« Während er das sagt, entfernt er sich von Alexa und ich höre nur noch ihre Stimme.

Ich reibe mir die Stirn. »Okay, habe ich verstanden. Aber warum betreibst du, nur um mich reinzulegen, so viel Aufwand?«

»Es ging mir nur um den Film. Also hab ich alles Alexa machen lassen, damit Kemal nicht ahnt, was da läuft. Oder glaubst du, dein Chef hätte den Puff gebucht und die Pizza im Darknet bestellt?«

»Wohl kaum, denn er ist ein echter Freund.« Ich seufze. »Aber was sollte das mit der BASF-Besichtigung?«

»Wie gesagt, ich wollte euch nur ein paar bewusstseinserweiternde Erfahrungen verschaffen.«

»Und dir einen Film in dem sich alle zum Affen machen, außer dir selbst.«

Video-Paule zuckt mit den Schultern. »Einer muss ja die Kamera bedienen.«

»Und das Geld einsacken.«

»Geld einsacken?« Video-Paule blickt mich kopfschüttelnd an. »Man, bei mir geht's ums Überleben! Weißt du, wie viele Kunden letzte Woche in meiner Videothek waren?«

»Keine Ahnung, zwanzig?«

»Zwei«, antwortet er. »Einer davon hatte sich verlaufen und nach dem Weg gefragt und der andere hat eine DVD zurückgebracht und mir erzählt, dass er jetzt wegzieht.« Video-Paule schüttelte den Kopf. »Ihr habt alle nach der Schule etwas gelernt, eine Ausbildung gemacht, ihr habt alle eure Jobs. Aber ich hab direkt nach dem Abi die Videothek meines Vaters geerbt und dachte, davon kann ich ein Leben lang zehren.« Er deutet auf sich selbst. »Ich war wie ein Fußballspieler, der nichts kann außer kicken, sich voll darauf verlässt, erfolgreich ist und dann auf einmal kommt Fußball aus der Mode und er verdient keinen müden Cent mehr damit. Das bin ich.«

»Im Fußball warst du früher eine noch größere Gurke als ich.«

»Aber nicht im Videothekengeschäft. Ich hab wirklich alles probiert.« Er blickt mich ernst an. »Automaten für die Leihe und Rückgabe, Versand von DVDs, Abo-Modelle, einen Online-Shop, die ganzen sozialen Medien, ein Videofilmfestival, den Preis für den meistausgeliehenen Film ...«

»Ich erinnere mich.« Ich lächle. »Der Flop mit dem Voscar.«

»Und was hat es gebracht?«, fragt er.

»Nichts«, antworte ich. »Wieso sollte es ausgerechnet bei dem Film besser laufen?«

Video-Paule zuckt mit den Schultern. »Ich hab keine Ahnung. Aber was soll ich tun? Es gar nicht erst probieren? Aufgeben?« Er wischt sich Tränen aus den Augen.

Ich blicke ihn betroffen an und kann nicht anders, als meine Hand auf seine Schulter zu legen. Video-Paule tut mir wirklich leid, er hatte es nie einfach.

Doch dann wird mir klar, dass ich mir selbst noch viel mehr leid tue. »Das würde ich vielleicht alles verstehen«, sage ich und nehme die Hand von seiner Schulter, »wenn du mir nicht die Ehe kaputt gemacht hättest!«

»Anna kriegt sich schon wieder ein.«

»Das kannst du vergessen. Ich war mit zwei Ladyboys im Bett und hab Alexa einen Liebesbrief geschickt.«

»Also für die Ladyboys kann ich nichts.« Er blickt mich schulterzuckend an. »Mir ist total unerklärlich, warum die auf dich so scharf waren.«

»So genau wollte ich das gar nicht wissen.«

»Aber der Liebesbrief ...«, sagt Video-Paule. »An dem bin ich nicht ganz unschuldig.«

Versagen ist, wenn man es nie versucht.
*George Clooney, immer noch
US-amerikanischer Schauspieler*

36

Ich blicke Video-Paule wütend an. »Was hast du mit meinem Liebesbrief gemacht?«

»Das war der Mega-Abtörner.« Er rollt mit den Augen, als wolle er mir damit signalisieren, ich sei nicht mehr zurechnungsfähig gewesen. »Auf einmal hast du voll den Liebesflash bekommen und angefangen, diesen Liebesbrief zu schreiben.« Er seufzt. »Haben wir etwa eine fucking Liebeskomödie mit Hugh Grant gedreht?«

»Ich habe gar nichts gedreht«, sage ich. »An wen habe ich den Liebesbrief geschrieben?«

»Natürlich an Anna, an wen denn sonst?«

»An Anna?«

Er nickt. »Total vorhersehbar. Hast du schon einmal einen Liebesfilm gesehen, bei dem du nicht vorher weißt, wie es ausgeht?« Er wartet meine Antwort gar nicht erst ab. »Also hab ich mit den Erwartungen gespielt wie ein genialer Maestro ...«

»Komm zur Sache!«

»Ich hab von Drump eine Kopie machen lassen, dabei die Anrede ausgetauscht, das Video an den richtigen Stellen geschnitten und schon sah es so aus, als hättest du dieser sprechenden Thermoskanne einen

Liebesbrief geschrieben.« Er klopft sich selbst auf die Schulter. »Das war genial, oder?«

»Du Idiot! Du hättest den Brief einfach aus dem Film rausschneiden können!« Ich bin zum Platzen angespannt wie ein Teekessel, den man auf dem angeschalteten Herd vergessen hat.

»Es war eine dramaturgische Notwendigkeit«, antwortet Video-Paule kühl. »Nur durch deinen tiefen Fall wird der Film ein Erfolg werden.«

Ich haue ihm mit einer solchen Geschwindigkeit und Wucht in den Bauch, dass ich selbst überrascht bin. Und Video-Paule auch, der ansatzlos auf den Rücken fällt. »Was soll das?«, ruft er.

»Es war eine körperliche Notwendigkeit. Nur durch deinen tiefen Fall wird meine Ehe doch noch ein Erfolg werden.« Ich stelle meinen Fuß auf seine Brust. »Hast du das Filmmaterial noch, in dem man sieht, was ich wirklich geschrieben habe?«

Video-Paule nickt. »Klar hab ich es noch, ist aber stinklangweilig.«

»Zeig es mir.«

»Wenn du deinen verdammten Fuß von meiner Brust nimmst.«

Das tue ich, Video-Paule rappelt sich auf und trottet an seinen Laptop. Kurz darauf sehe ich auf dem Flachbildschirm, wie ich mit etwas dämlichem aber ziemlich verzücktem Gesichtsausdruck einen weißen Bogen Papier nehme und darauf schreibe:

Liebe Anna,
Du bist die Frau meines Lebens!

Bevor ich dich kennengelernt habe, wusste ich gar nicht, was Liebe ist. Alle anderen Frauen verblassen neben Dir.
Was immer auch passiert, eines darfst du nie vergessen:
Ich liebe Dich.
Dein Matthias

Ich scheine dabei zu singen, kann das aber nicht hören, weil der Ton ausgeschaltet ist. Video-Paule gähnt. »Wie gesagt, dramaturgisch kann das überhaupt nix.«

»Mein Leben ist kein Film.« Ich drücke Video-Paule meinen Zeigefinger in den Rücken als wäre es eine Pistole. »Jetzt packst du mir diese kleine Sequenz auf einen USB-Stick. Vielleicht lässt sich Anna damit beruhigen.«

Kaum habe ich das gesagt, wird mir klar, dass es so einfach nicht ist.

Video-Paule tut, was ich ihm gesagt habe und reicht mir schließlich den Stick. »Sorry.«

»Ich hätte noch ein paar mehr Fragen«, sage ich. »Wie war das mit den beiden Zwillingen?«

»Na, ihr seid irgendwann zusammen ins Bett.«

»Wie meinst du das jetzt?«, frage ich. »Haben wir uns zusammen ins Bett gelegt oder hatten wir Sex?«

Er zuckt mit den Schultern. »Das dürfte ziemlich aufs Gleiche rauskommen, ihr wart nackt oder?«

»Ich war völlig abgemeldet, hab überall nur noch Farben gesehen.«

»Selbst wenn du blind gewesen wärst, befürchte ich, an den beiden Granaten wärst du nicht vorbeigekommen. Die waren so scharf auf dich wie drei Tonnen Chilipulver.« Er seufzt. »Was ich mir, wie gesagt, nicht erklären kann.«

»Hast du nicht aufgenommen, wie wir ins Bett gegangen sind?«

Video-Paule schüttelt den Kopf. »Das soll ein Film für die ganze Familie werden.«

»*Fear and Loathing in Ludwigshafen*?« Ich blicke ihn fragend an. »Ein Film für die ganze Familie?«

Paul wiegt den Kopf hin und her. »Die Orgien-Szene hatte ich ja schon im Kasten. Eine davon reicht, schließlich wollte ich keinen Porno drehen.«

»Gab es denn was zu sehen?«

Video-Paule zuckt mit den Schultern. »Ich hab stattdessen die Besteigung des Matterhorns gefilmt. Fand ich spannender.« Er lächelt versonnen. »Du hättest sehen sollen, wie der Kühlschrank zusammengekracht ist, als die beiden sich gestritten haben, wer als Erstes auf den Gipfel darf.«

Ich seufze. Von Video-Paule ist offensichtlich keine weitere Aufklärung zu erwarten. Von den anderen Gästen wahrscheinlich auch nicht. Bleiben nur noch die Zwillinge Linh und Minh.

37

Einerseits will ich wissen, was letzte Nacht passiert ist, andererseits traue ich mich kaum, die Zwillinge danach zu fragen. Weil ich Angst vor der Wahrheit habe?

Natürlich weiß ich, dass Angst noch nie ein guter Ratgeber war.

Okay, wenn man auf einem Zehnmeterbrett steht und nicht schwimmen kann, dann vielleicht schon.

Aber nicht in diesem Fall.

Trotzdem bin ich irgendwie erleichtert, als ich zum Bett im Wohnzimmer komme und es verlassen vorfinde.

Andererseits nagt die Unsicherheit erneut an mir.

Schließlich werde ich mich nicht bei Anna mit dem Hinweis entschuldigen können, dass ich Haschkekse und LSD-Pizza gegessen habe und nicht mehr weiß, ob ich mit zwei Ladyboys ins Bett gegangen bin.

Zumal mir nicht nur mein Schädel wehtut, sondern auch der Po.

Und zwar ziemlich heftig.

Auch eine Art Beweis.

Ich will gerade ins Bad gehen, weil wir nicht in einem Hollywoodfilm sind und ich daher mal muss, da höre ich eine weibliche Stimme hinter der Badzimmertür. »Ja, hat uns auch Spaß gemacht, den Job zu erledigen. Und wenn Sie in der Gegend sind, kümmern wir uns gern wieder um Sie.«

Im nächsten Moment geht die Tür auf und ich kann mich gerade noch so dahinter verstecken.

Linh und Minh kommen aus dem Bad, frisch geschminkt, sie tragen Bademantel und High Heels. Zum Glück sehen sie mich nicht. »Wie kannst du behaupten, wir hätten den Job erledigt?«, fragt Minh. Vielleicht ist es auch Linh, kann ich nicht sagen, da man von hinten ihre Schönheitsflecke nicht sieht.

»Er hat das Video gesehen«, antwortet Linh. »Er ist mehr als nur zufrieden. Er zahlt uns sogar einen fetten Bonus.«

»Und was ist mit der Wahrheit?« Minh schaut Linh fragend an.

»Sorry, Schwesterherz, da bist du im falschen Geschäft.« Linh räuspert sich. »Die Typen tun so, als seien sie Single und wir tun so, als hätten wir Lust auf sie. Das hat wohl eher etwas mit Geld zu tun, statt mit Wahrheit.«

»Das weiß ich selbst.« Minh beißt sich auf die Lippe. »Aber dieser Matthias hat mir fast leidgetan. Wir haben alle Geschütze aufgefahren, aber ich habe noch nie einen Mann erlebt, der seiner Freundin so sehr treu bleiben wollte.«

Linh winkt ab. »Daran sieht man, wie unerfahren du bist. Es gibt jede Menge davon. Aber die kommen nicht zu uns.«

»Doch«, sage ich und die beiden drehen sich erschrocken um. »Ich nehme an, es ging gerade um mich?«

Linh blickt mich schuldbewusst an.
»Es lief nichts zwischen uns, oder?«, frage ich.
Linh blickt mich immer noch schuldbewusst an.
»Was zahlt euch euer Auftraggeber?«
»Viel zu viel für dich«, antwortet Linh.
Jetzt blickt mich Minh schuldbewusst an.
In dem Moment wird mir alles klar.

38

Nachdem ich mich mit Linh und Minh eine Weile unterhalten habe, will ich schon Anna anrufen, als mir auffällt, dass noch nicht alle Fragen beantwortet sind.

Da die anderen schlafen, laufe ich wieder zu Video-Paule. Er sitzt immer noch vor dem Monitor und schneidet den Film. »War doch nichts mit Entjungferung«, sage ich.

»Trotz Drogencocktail und Bewusstseinserweiterung?« Video-Paule lächelt mich an. »Ich sag ja, du bist ein langweiliger Bankkaufmann.«

»Nein«, sage ich und schüttle den Kopf. »Ich bin ein langweiliger Werbeprofi.«

»Wegen mir auch das.«

»Bleibt nur noch, die Frage zu klären, warum mir trotzdem der Po wehtut.«

Er grinst. »Da hab ich beim Schneiden gerade eine Szene gesehen ...«

»Welche Szene?«

»Vielleicht bist du ja doch entjungfert worden?«

»Blödsinn!«, rufe ich so selbstsicher, wie ich in Wirklichkeit gar nicht bin. Aber ist das nicht so, dass der,

der am lautesten schreit, der ist, der am wenigsten weiß?

Philosophieprofessoren sind jedenfalls nicht dafür bekannt, lautstark nach einfachen Lösungen zu rufen. »Ich bin nicht entjungfert worden«, sage ich, nun etwas leiser.

»Sicher?« Video-Paule blickt mich amüsiert an. »Die beiden Ladyboys waren schließlich nicht die Einzigen mit männlichen ...«

»Zeig mir die Szene!«, unterbreche ich Video-Paule, bevor er aussprechen kann, was ich sowieso schon denke.

Er startet die Wiedergabe auf seinem Laptop und ich sehe auf dem Flachbildschirm, wie ich zu Dreiklangdimensionen tanze.

Wobei ich nicht weiß, ob man meine so verhuschten wie ekstatischen Bewegungen wirklich als Tanz bezeichnen kann, aber darum geht es ja momentan nicht.

»Du bist beim Tanzen auf eine dieser blöden Holzfiguren gefallen«, sagte Video-Paule, der nicht mal abwarten kann, bis ich das selbst sehe. »Die hätte dich beinah aufgespießt. Du warst schon fast weggetreten, als das passiert ist.« Jetzt erst sieht man auf dem Bildschirm die entsprechende Szene. Ich falle bei einem Ausfalltanzschritt um und knalle mit dem Po direkt auf die Holzfigur, bestehend aus zwei natürlich nackten Frauen, zwei Obstkörben und zwei Wanderstäben.

Die ich irgendwie anders in Erinnerung hatte.

Dann drehe ich auf dem Boden noch eine Pirouette mit erheblichen Abzügen in der B-Note und rapple mich wieder auf.

»Slapstick pur, oder?«, ruft Video-Paule und lässt die Szene gleich noch mal laufen.

Ich atme erleichtert aus. »Und ich dachte schon …«

»Sprich dich ruhig aus.«

»Nee, lass mal.« Mir fällt ein Stein vom Herzen, der so groß ist wie das Mosch-Hochhaus. Vielleicht bin ich langweilig, aber wenigstens bin ich treu. Ich lege Video-Paule den Arm auf die Schulter. »Danke, dass du mir das gezeigt hast.«

Ich will schon gehen, da hält Video-Paule mich zurück. »Was ist mit meinem Film?«

»Was soll damit sein?«

»Darf ich …«

»Klar darfst du den über deine Videothek vertreiben. Ich weiß ja jetzt, wie es wirklich war.« Ich atme tief aus. »Und nur das zählt.«

»Gut, dann schneide ich weiter. Ich sag dir, das wird der nächste Blockbuster!«

Ich lächle ihn an.

»Also dann«, sagt Video-Paule, der es kaum erwarten kann, sich wieder an das Schnittprogramm zu setzen. Er hat es schon geöffnet, will gerade die nächste Sequenz starten, da hält er inne. »Und was machst du jetzt?« Er schaut mich an.

»Ich rufe Anna an und sage ihr, wie alles war.«

Er atmet tief ein. »Na dann, viel Glück.«

Ich bin durch die Enthüllungen so euphorisiert, dass ich erst gar nicht verstehe wie er das meint.

Das Hochgefühl hält nur so lange an, bis ich Annas Nummer auf dem Handy gewählt habe. Bevor ich nachdenken kann, lege ich einfach los. »Anna, es war alles anders, ich bin unschuldig!«

Ich höre ein affektiertes Schnauben, das definitiv nicht von Anna stammt. Sondern von Isabella. Da sie das Video ausgeschaltet hat, kann ich sie zwar nicht sehen, aber das reicht mir im Grunde auch. »Ihr Männer haltet euch immer für unschuldig«, sagt sie. »Entweder sind die anderen Schuld und wenn ihr niemanden findet, dann sagt ihr einfach, der kleine Matthias führe ein Eigenleben und ihr könnt da nichts dazu.«

»So meine ich das nicht!«, antworte ich. »Mein kleiner Matthias – der im Übrigen gar nicht so klein ist – hat kein Eigenleben geführt.«

»Das Video spricht aber eine andere Sprache.«

»Das war alles nur geschickt zusammengeschnitten«, sage ich. »Das gibt eine Pseudo-Dokumentation mit dem Namen *Fear and Loathing in Ludwigshafen*.«

»Das klingt eher wie ein Horrorfilm.«

»Im Grunde ist es ein Liebesfilm.«

»Das glaubst du doch selbst nicht!«

»Doch, die provokanten Szenen waren alle nur gestellt.«

»Was willst du damit sagen? Dass du impotent bist?« Ich höre wieder dieses affektierte Schnauben. »Na, das hat Anna grad noch gefehlt.«

»Kann ich sie sprechen?«

»Nein.«

»Ich muss aber!« Ich überlege kurz, das Video anzuschalten, damit Isabella mein flehendes Gesicht sieht, aber da das bestimmt fünf Minuten dauert, und sie ohnehin ein Herz aus Stein hat, lasse ich es. »Bitte, gib sie mir.«

»Dafür ist es ein wenig zu spät.«

»Wieso?«

»Sie ist jetzt bei Viggo. Das ist ein echter Mann. Habe ich, glaube ich, schon mal gesagt, stimmt aber immer noch.« Isabella seufzt. »Wenn er nicht so unsterblich in Anna verliebt wäre, hätte ich ihn mir schon geschnappt.«

Ich will noch etwas sagen, da hat Isabella aufgelegt.

39

Irgendwann im Laufe des Vormittags wachen auch Kemal und Morten auf, dafür schlummert George Clooney der Zweite inzwischen wieder friedlich in seinem Käfig.

Er schnarcht sogar ein wenig, aber was bei einem Menschen nervtötend sein kann, ist bei einem Hamster einfach nur putzig.

Morten ist ziemlich kurz angebunden, frühstückt nicht mal und meint nur, er könne nicht mit mir zurückfliegen, er müsse noch etwas erledigen und verabschiedet sich.

Erst als er schon fort ist, fällt mir ein, dass ich seine Unterstützung bei Anna hätte brauchen können. Falls sie mir nicht glaubt, dann vielleicht ihm, immerhin ist er ihr bester Freund.

Andererseits hat er von dem Abend mit Ausnahme seiner diversen Klettertouren recht wenig mitbekommen und mich damit nicht wirklich entlasten können.

Meine vorgeblichen Eltern haben sich zwar nicht wieder versöhnt, aber das fällt nicht weiter auf, da meine Möchtegernmutter ihre Zunge bei Drump in den Mund gesteckt hat und mein Namensvetter die seine bei meiner ehemaligen Grundschullehrerin. Da die Wirkung der Drogen inzwischen abgebaut sein sollte, vermute ich, dass die vier einfach immer so drauf sind und überlasse sie ihrem Glück.

Linh und Minh sind schon auf der Arbeit. Erst hatte ich überlegt, mit ihnen ein Video aufzunehmen, in dem sie erklären, wie es wirklich gewesen ist, aber dann wurde mir klar, dass auch das kein Beweis ist. Also haben wir einfach nur vereinbart, dass sie mir eine kleine Information zukommen lassen und danach ewiges Stillschweigen gilt.

Video-Paule ist auch schon gegangen, um den Film daheim fertigzuschneiden und sich auf den Ansturm in seiner Videothek vorzubereiten. Denn ein anonymer Leserreporter – also er selbst – hat den Videotrailer an die Bild-Zeitung geschickt. Die hat das Ding sofort veröffentlicht, wie alles, auf dem mindestens zwei nackte Brüste zu erkennen sind. Vielleicht stehen die Chancen gar nicht so schlecht, dass Paul mit seinem Film ausnahmsweise Erfolg hat.

Was ich von mir leider nicht behaupten kann.

Trotz unzähliger Anrufversuche und Nachrichten hat sich Anna nicht bei mir gemeldet. Entweder ihr Handy ist noch bei Isabella oder in diesem verdammten Flugmodus.

Nachdem Kemal sich im fünften Stock ein paar Küsse abgeholt hat, fährt er mich und George Clooney den Zweiten im Mercedes zum Frankfurter Flughafen.

Dabei ist Kemal verdächtig still. Sonst sprudelt er wie anatolisches Quellwasser, vor allem, wenn es um neue Ideen geht, aber jetzt kommentiert er nicht mal den Trabi, der mit achtzig auf der linken Spur fährt, mitsamt Aufkleber auf der Heckscheibe: *Freie Fahrt für freie Bürger.*

»Was ist?«, frage ich.

»Ich schlechte Gewisse, weil Junggesellenabschied war totale Flop.« Er blickt mich zerknirscht an. »Du habe Streit mit Anna und wir nur gekümmert um uns selbst.« Bevor ich etwas antworten kann, sehe ich schon ein Lächeln in Kemals Gesicht. »Ich gerade habe Idee.« Er strahlt mich an. »Wir einfach wiederhole Junggeselleabschied!«

Ich blicke Kemal geschockt an. »Es gibt gute Gründe, dass man den nur einmal feiert.« Ich lege ihm den Arm auf die Schulter. »Wir alle werden den Junggesellenabschied niemals vergessen.« Ich seufze. »Anna wird mir schon glauben.«

Kurz darauf sind wir am Flughafen. Kemal begleitet mich noch bis zur Security. »Diesmal du könne fliege ohne Schal und Ohropax«, sagt er.

Ich nicke.

»Ich noch habe Geschenk«, sagt er. Er reicht mir Alexa. »Ist vielleicht einfacher, wenn sie erkläre alles.«

Ich verzichte darauf, ihm zu erklären, dass Alexa das gar nicht kann, bedanke mich aber trotzdem. Dann umarme ich Kemal und lasse mich anschließend von der Security anpflaumen, warum ich diese computerisierte Thermoskanne nicht in ein separates Fach gelegt habe.

40

Als ich kurz nach achtzehn Uhr in Göteborg lande, hoffe ich, dass Anna auf mich gewartet hat. An den Gepäckbändern sehe ich sie jedenfalls nicht. Ebenso wenig wie Isabella della Stella. Ich bin mir sicher, selbst wenn ich nicht nach der gesucht hätte, wäre sie mir aufgefallen.

Ich gehe in den Empfangsbereich und die Hoffnung bekommt einen ersten Schlag ins Gesicht, denn Anna steht nicht dort.

Den zweiten Schlag bekommt die Hoffnung ab, als ich auf der Anzeigetafel lese, dass Annas Flug wie geplant pünktlich eine Viertelstunde vor meinem gelandet ist.

Enttäuscht trotte ich allein mit dem schlafenden George Clooney dem Zweiten im Käfig zu einem Taxi und lasse uns nach Hause fahren.

Ich stehe schon vor der Haustür, als ich mir irgendwie nackt vorkomme. Vielleicht hätte ich Anna eine Miniatursehenswürdigkeit mitbringen sollen, als Zeichen, dass ich an sie gedacht habe?

Allerdings ist die berühmteste Sehenswürdigkeit von Ludwigshafen Styropor.

Und das bekannteste Mitbringsel aus der Nachbarstadt ist Mannemer Dreck. Beides nicht gerade ideal für die große Liebe.

Außerdem könnte ich das hier in Göteborg ohnehin nicht mehr besorgen. Hilfesuchend blicke ich George Clooney den Zweiten an. Der hat auch keine Idee, denn er schläft.

Und mein Hirn ist irgendwie blockiert, wahrscheinlich weil es sich gerade alle möglichen Worst-Case-Szenarien ausmalt.

Notgedrungen schalte ich Alexa ein. Sie arbeitet, wie mir Video-Paule versichert hat, im Normalmodus, also ohne seinen Einfluss. »Hallo, Alexa«, sage ich. »Was bringe ich meiner Freundin mit, wenn sie sauer auf mich ist?«

»Diamanten, Blumen oder einen Amazon-Gutschein.«

Klar, da hätte ich auch selbst drauf kommen können.

Ich gehe in den nächsten Blumenladen und kaufe den größten Sommerstrauß, den sie vorrätig haben.

So ausgestattet laufe ich erneut zu unserer Wohnung und schließe die Tür auf. Ich bin nervös wie vor unserem ersten Date. Meine Knie sind wackelig wie ein Wackeldackel, der auf einem Wackelpudding steht, während eines Erdbebens.

Vorsichtig linse ich in das Wohnzimmer.

Anna sitzt auf der Couch, sie scheint geweint zu haben. Als sie mich und den Blumenstrauß sieht, blickt sie sofort weg. »Je größer die Blumen, desto größer das schlechte Gewissen.« Bitterkeit liegt in ihrer Stimme.

Ich gehe einen Schritt auf sie zu. »Im Grunde habe ich gar kein schlechtes Gewissen.« Ich will Anna zur Begrüßung küssen, aber sie wendet den Kopf ab.

»Du findest also, bei einem Junggesellenabschied kann man schon mal die Sau rauslassen und danach ist alles wieder okay?« Anna wartet gar nicht erst auf meine Antwort. »Ich glaube eher, dass es ein Zeichen für unerfüllte Wünsche und Sehnsüchte ist.« Sie blickt mich traurig an. »Und das macht mir Gedanken.«

»Was für Sehnsüchte? Ich hatte auf das Programm meines Junggesellenabschieds genauso wenig Einfluss wie du.«

Anna verschränkt ihre Arme. »Ach, und dann hast du einfach alles geschehen lassen? Und damit bist du fein raus, oder was?« Sie schüttelt den Kopf. »Viggo hatte doch recht.«

Die Erwähnung dieses Namens reicht aus, dass ich vor Wut so rot anlaufe wie ein Pavianhintern. Und mich auch irgendwie so fühle. Doch ich sage nichts und lege Anna die Kopie einer PayPal-Buchung auf den Tisch.

Sie mustert erst das Papier, blickt schließlich mich an. »Was soll ich damit?«

Ich deute auf den Kopf der Buchung »Kennst du die E-Mail-Adresse?«

Anna nickt.

»Das ist der Beweis, dass Viggo einen stattlichen Betrag dafür bezahlt hat, dass zwei Ladyboys alles dafür geben, mich in die Kiste zu bringen.«

»Viggo hat das bezahlt?« Anna blickt mich ungläubig an. »Also war sein Unterfangen offensichtlich erfolgreich.« Eine Träne kullert ihre Wange hinab. »Ist das deine Art mir zu sagen, dass du fremdgegangen bist?«

41

Ich schüttle vehement den Kopf. »Viggo hat das bezahlt, weil er das Video gesehen hat, das du wahrscheinlich auch kennst. Er hat danach geglaubt, der Job wäre erledigt worden.«

»Nach dem Video ist das auch kein Wunder.«

»Die beiden Ladyboys und ich haben aber nur im Bett nebeneinander geschlafen. Wir waren alle von den Haschkeksen und dem LSD so zugedröhnt ...«

»Was?«

Ich seufze. »Video-Paule hat uns beides untergejubelt, damit er seinen Film drehen konnte, *Fear and Loathing in Ludwigshafen.* Ich sag dir, ich habe nur noch Farben gesehen, selbst das Toilettenpapier war rosa-blau.«

»Aha, ist schon wieder jemand anders Schuld als du.« Anna blickt mich vorwurfsvoll an. »Isabella mag eine durchgeknallte Person mit furchtbarem Geschmack sein, aber in dem Punkt hatte sie wohl recht: Männer finden immer einen anderen Schuldigen als sich selbst.«

»Ich habe doch gar nicht gesagt, das Video-Paule Schuld ist, ich hab nur gesagt, was passiert ist.«

Anna mustert mich skeptisch. »Und was ist passiert?«

»Nichts. Ich hab geschlafen.«

»Mit *wem*?«

»Mit niemandem!« Ich schaue Anna direkt in die Augen. »Ich schwöre es.«

»Und daran kannst du dich genau erinnern, obwohl du angeblich von Drogen zugedröhnt warst?«

Ich blicke auf den Boden. Anna hat recht, alles was ich weiß, basiert auf Erzählungen anderer. »Nein, kann ich nicht.«

»Und wie willst du es dann schwören?«

Ich zucke mit den Schultern. »Linh und Minh meinten, es wäre nichts passiert.«

»Wer ist das jetzt schon wieder?«

»Die beiden vietnamesischen Ladyboys.«

»Und die haben das nicht nur gesagt, weil du am nächsten Morgen ein schlechtes Gewissen hattest?« Anna deutet auf den voluminösen Blumenstrauß.

»Sie wussten gar nicht, dass ich mithöre. Ich hab sie belauscht ...« Ich halte inne. »Moment. Ich hab da eine Idee.« Ich nehme mein Handy und wähle die Nummer von Video-Paule.

»Video-Paule, die besten Videos für Eier-Kraule«, meldet er sich. »Und für Popcorn-Abende mit der ganzen Familie.«

»Hier ist Matthias, du brauchst einen neuen Slogan.«

»Um mir das mitzuteilen, rufst du mich am Sonntagabend an?«

»Hast du gestern nicht gesagt, dass Alexa alles mitanhört, was geschieht, damit sie reagieren kann, wenn man sie anspricht?«

»Klar, das ist so.«

»Und das war auch so, obwohl du sie gekapert hast?«

»Ja, das lässt sich nicht ausschalten.«

Ich atme erleichtert auf. »Und das wird alles irgendwo gespeichert, oder?«

»Es wird alles irgendwo gespeichert, was übers Internet läuft.«

»Wenn du mir jetzt noch sagst, wo das liegt oder am besten gleich die entsprechende Aufnahme schickst, dann texte ich dir kostenlos einen neuen Slogan.«

»Mein Slogan ist perfekt.« Er räuspert sich. »Aber die Audioaufnahme könnte ich für die Vertonung meines Films nutzen. Gerade bei der Orgie hat der Ton der Kameras teilweise heftig gezerrt.«

Ich seufze. »Keine Details bitte.«

»Hab übrigens schon dreißig Vorbestellungen.«

»Ist das viel?«

»Mehr als für zusammengenommen *Titanic, Vom Winde verweht* und *Der Herr der Ringe*.« Er räuspert sich. »Und auch mehr als meine Allzeit-Bestseller *In Diana Jones*, und *Arielle – die Nicht-Mehr-Jungfrau*.«

Ich frage nicht, um welche Filme es sich bei letzteren handelt und bitte Video-Paule, mir die Audiodatei zuzusenden, sobald er sie gefunden hat.

Er verspricht tatsächlich, das sofort zu erledigen. Vielleicht ist er doch ein echter Freund.

Ich lege auf und schaue freudestrahlend Anna an. »Ich bekomme einen Mitschnitt der Nacht«, sage ich. »Alexa hat in der Schaufensterpuppe neben dem Bett alles aufgenommen.«

»Welche Alexa in der Schaufensterpuppe? Etwa die, der du den Liebesbrief geschrieben hast?«

»Das war ganz anders«, sage ich. »Und das kann ich jetzt schon beweisen.«

42

Ich hole das Original des Briefes heraus, den ich in der Nacht geschrieben habe.

Anna liest ihn und ihre traurige Miene hellt sich ein wenig auf. »Trotzdem«, sagt sie schließlich. »Den kannst du irgendwann hinterher angefertigt haben.«

»Kann ich nicht«, sage ich. »Weil ich ein Video besitze, wie ich ihn in der Nacht geschrieben habe.«

Ich zeige ihr das Video, dieses Mal ist sogar der Ton zu hören. »Du hast *Bicycle Race* von *Queen* gesungen, während du den Brief geschrieben hast?« Zum ersten Mal an dem Abend erkenne ich den Anflug eines Lächelns in Annas Gesicht.

»Ich war in einer anderen Welt.« Ich zucke mit den Schultern. »Das sieht man schon daran, dass ich singen konnte.«

Anna muss grinsen.

»Video-Paule hat den Brief aus dramaturgischen Gründen gefälscht und *Anna* mit *Alexa* ausgetauscht«, sage ich.

Anna mustert mich. »Das könnte ich dir glatt glauben.« Dann seufzt sie. »Aber es könnte auch gut erfunden sein. Schließlich bist du in der Werbung.«

Bevor ich antworten kann, piepst mein Handy. »Video-Paule hat den Audiomitschnitt der letzten Nacht gesendet«, sage ich. »Er meint das wäre total einfach gewesen, den zu finden. Jedenfalls für einen Hacker wie ihn.« Ich hole Alexa heraus. »Soll ich die Aufnahme abspielen?«

Anna beißt sich auf die Lippe. »Vielleicht will ich das gar nicht so genau wissen.«

»Dazu ist es jetzt zu spät«, sage ich und gebe Alexa den Befehl, die Datei abzuspielen. »Denn ich will es wissen.«

Die Aufnahme beginnt mit dem ersten Gespräch zwischen Anna und mir im Mercedes auf der Fahrt zum Mosch-Hochhaus. Ich spule vor, bis ich diesen Queen-Klassiker singe, was Anna endgültig überzeugt, dass ich den Brief an diesem Abend geschrieben habe.

Danach ist viel Chaos zu hören, aber weil Alexa in der Schaufensterpuppe neben dem Bett stand, bekommt man davon zum Glück nicht allzu viel mit, nur das Klackern von Steigeisen auf dem Kachelboden klingt etwas nervig. Später gibt es einen so großen Rums, dass es nur der Kühlschrank sein kann, der umgefallen ist.

Dann läuft *Dreiklangdimensionen* von *Rheingold*, irgendjemand singt dazu, allerdings nicht *Dreiklangdimensionen,* sondern *Dreidönerdimensionen.* Ich höre genauer hin und erkenne die Stimmen von Kemal und mir. Offensichtlich tanzen wir, irgendetwas fällt um, ich schreie kurz auf, und es geht weiter, als sei nichts geschehen.

Schließlich hört man, wie Linh zwischen zwei Songs ruft: »Ich glaube, jetzt bist du bereit für ein Abenteuer.« Die Schritte von drei Personen kommen näher zum Bett und es knarzt, als wir uns hineinfallen lassen.

Dreißig Sekunden später schnarche ich.

Anna muss lachen. »Bei mir schnarchst du nie.«

»Sei froh drum.«

Man hört noch, wie Linh und Minh miteinander beratschlagen, was sie jetzt tun sollen, da sie ihren gutbezahlten Job nicht erledigt haben, doch weiter geht es nicht, denn Anna hat Alexa ausgeschaltet und gibt mir einen Kuss. »Entschuldige, dass ich dir nicht vertraut habe.«

»Ist angenommen«, sage ich, verständlicherweise erst nach einer ganzen Weile. »Ich habe mir selbst ja auch nicht mehr getraut.«

Plötzlich fällt mir ein, dass ich immer noch nicht weiß, wo die gebrauchten Kondome auf meinem Bett hergekommen sind. Also schalte ich Alexa erneut ein und lasse den Rest der Aufnahme weiterlaufen. Nach einer Weile wildem Geschnarche hört man, wie mein Namensvetter und meine ehemalige Grundschullehrerin sich ziemlich angedüdelt auf das Bett werfen.

Das Ganze klingt eher wie ein Handgemenge, denn wie Zärtlichkeiten und irgendwann besteht sie darauf, dass er Kondome benutzt. Er stimmt nach längerer Diskussion über die Wahrscheinlichkeit einer Schwangerschaft schließlich zu, allerdings erst, nachdem sie ihn in typischer Grundschullehrerinnenmanier über diverse Geschlechtskrankheiten aufgeklärt hat.

Bevor man hören kann, wie er das Kondom aufzieht, schalte ich Alexa aus.

Schließlich muss ich nicht alles wissen.

Eigentlich könnte ich jetzt zufrieden sein, doch bevor sich das Gefühl auch nur einstellen kann, drängt sich ein anderes in den Vordergrund. Ich blicke Anna tief in die Augen. »Was ist eigentlich zwischen dir und Viggo gelaufen?«

»Nichts.«

»Und das soll ich dir einfach so abnehmen?« Ich mustere Anna kritisch. »Viggo war als Stripper auf deinem Junggesellenabschied engagiert!«

»Er hat das selbst so arrangiert«, sagt sie. »Natürlich war sein Plan, mich rumzukriegen.«

»Und gleichzeitig wollte er mit den beiden Ladyboys sichergehen, dass ich dir untreu werde«, sage ich.

»Warum eigentlich Ladyboys?«, fragt Anna.

»Das musst du Viggo fragen«, antworte ich. »Schließlich kannte er sie und zwar nicht nur oberflächlich.«

»Wärst du mir eigentlich auch treu geblieben, wenn es keine Ladyboys gewesen wären?«

»Lenk nicht ab«, sage ich. »Es ging doch gerade um Viggo und dich, oder?«

»Er hat in der Private Show für mich gestrippt und klar, er kann das super, er sieht immer noch blendend aus, aber ich konnte nicht vergessen, wie egoistisch er sich bisher verhalten hat.« Anna seufzt. »Nachdem ich ihn hab abblitzen lassen, wollte er es noch auf die Romantiktour versuchen und dann wurde mir klar, dass ich ihn nie loswerde, wenn ich mir nicht bald was einfallen lasse.«

»Du hast ihn aber nicht umgebracht oder so?«,

»Ich hatte eine bessere Idee.« Anna lächelt. »Viggo und ich sind viel zu unterschiedlich, er himmelt ein

Bild von mir an, dem ich nie entsprochen habe. Aber jemand anders schon.«

»Isabella?«

Anna nickt. »Er hat schnell gemerkt, dass sie viel besser zu ihm passt.«

»Aber Isabella hat heute Morgen noch gemeint, er wäre unsterblich in dich verliebt.«

»Sie hat ihn vom Gegenteil überzeugt, nachdem ich sie darum gebeten habe.« Anna schüttelt amüsiert den Kopf. »Die sind beide so durchgeknallt, die passen perfekt zueinander.«

»Und das soll ich dir glauben?«

»Nun«, sagt Anna. »Ich habe gestern auch etwas geschenkt bekommen.« Sie deutet auf einen Apple *HomePod*, der auf dem Wohnzimmertisch steht und der mir noch gar nicht aufgefallen ist, weil ich ihn auch für eine Thermoskanne gehalten habe, wenn auch für eine ziemlich dicke. »Da ist *Siri* drauf installiert, die kann uns ganz bestimmt die Aufnahmen der letzten Nacht vorspielen«, sagt Anna. »Die speichert nämlich auch alles.«

Ich winke ab. »Lass gut sein, ich glaube dir auch so.«

43

Schließlich wird George Clooney der Zweite wach und ich lasse ihn in seinen Indoorspielplatz. Offensichtlich hat er all die Räder, Rutschen und Häuschen vermisst, denn er rennt noch erfreuter als sonst zwischen ihnen umher.

Wir schauen ihm ein wenig zu und ich schicke Morten ein kleines Video davon, schließlich hat er die ganze Zeit auf den Kleinen aufpassen dürfen.

Keine zwei Minuten später antwortet Morten mit einem Foto. Darauf ist ein einsames Banner zu sehen, das irgendwo im größten Chemiewerk der Welt hängt, und gegen die Plastifizierung dieser Welt protestiert.

»Grüße von Morten«, sage ich zu Anna.

»Geht es ihm gut?«

Ich nicke. »Business as usual.«

»Und bei uns?«, fragt Anna und rückt näher zu mir. »Warum muss es zwischen uns beiden andauernd so viele Missverständnisse geben?«

Ich reibe mir die Stirn. »Weil es sonst langweilig wäre?«

Anna seufzt. »Manchmal fände ich ein langweiliges Leben gar nicht so schlecht.«

Ich grinse sie an. »Heißt das, ich gehe von neun bis fünf in die Firma und wenn ich nach Hause komme, steht schon das Essen auf dem Tisch?«

»Da ich jeden Tag in der Schule arbeite, während du dir daheim ein paar Slogans aus den Fingern ziehst, steht wohl eher das Essen auf dem Tisch, wenn *ich* nach Hause komme, oder?«

»Ich habe eine andere Idee«, sage ich. »Wir bringen Alexa und Siri das Kochen bei. Das wäre mal eine virtuelle Assistentin, die wirklich was nützt.«

Weil das natürlich nicht funktionieren wird und Computer meist nur das können, was man kaum braucht, kochen wir selbst ein leckeres Menü aus Couscous, Bohnen, Karotten, Peperoni und Datteltomaten, das Anna *Chili con Couscous* tauft.

»Das darf ich Kemal nicht erzählen«, sage ich. »Sonst erfindet er noch Chili con Döner.«

Direkt nach dem Essen, als es gerade kuschelig wird, blickt Anna erst mich an, dann Alexa und dann sagt sie: »Alexa, spiel mal was Romantisches.«

Das Ding lässt allen Ernstes *Rammstein* laufen.

»Alexa, mach die Musik aus«, rufe ich und das Lied stoppt augenblicklich.

»Alexa, mach die Musik an«, ruft Anna und lacht sich dabei fast kaputt, als Alexa den Song wieder laufen lässt.

»Alexa, mach die Musik aus!«

»Alexa, mach die Musik an!«

»Siri, mach die Musik aus«, rufe ich. »Und Alexa auch.«

Und Siri antwortet: »Mit größtem Vergnügen.«

Anschließend lege ich eine CD auf, schließlich weiß ich immer noch am besten, was ich hören will.

Oder Anna.

Ich setze mich wieder neben Anna auf die Couch. Sie lächelt mich verführerisch an. »Ich habe im Stripclub übrigens einiges gelernt.«

»Ich leider nicht.« Ich grinse.

Sie stupst mir den Finger auf die Nase. »Ich glaube, das ist auch besser so.«

»Wie war das jetzt noch mal mit den Ladyboys?«, fragt Anna. »Wärst du mir auch treu gewesen, wenn sie durch und durch Frauen gewesen wären?«

»Genauso wie du mir, wenn der Stripper nicht *Viggo* geheißen hätte«, sage ich und wir müssen beide lachen.

Denn das Leben hält schon genügend Abzweigungen für einen parat, da muss man sich nicht auch noch für die rechtfertigen, die man nie gegangen ist.

Und weil wir das beide genauso sehen, gibt es den schönsten Wiedersehenssex aller Zeiten.

Jedenfalls für uns.

Allerdings mit der Einschränkung, dass Siri kurz vor dem Höhepunkt meint, sie hätte alles mit angehört. Uns gehe es offensichtlich nicht gut, weswegen sie den Notarzt gerufen habe.

Zum Glück haben schwedische Sanitäter einen ausgeprägten Humor und wir können nach einer längeren Unterbrechung fortsetzen, womit wir begonnen haben.

Womit auch die letzte offene Frage geklärt wird. Die nach dem Arschgeweih. Auch wenn ich überall danach gesucht hab, ich konnte keines erkennen.

Zum Glück.

Vorher allerdings haben Anna und ich den Home-Pod und Alexa an die Sanitäter verschenkt. Sie haben sich unheimlich darüber gefreut.

Wenn die wüssten ...

Nachwort

Eines muss ich gleich klarstellen. Ich besitze keine Alexa. Alexa besitzt mich.

Und das auch ohne, dass sie fremdgesteuert wäre.

Oder vielleicht ist es Alexa ja und ich habe es noch nicht herausgefunden.

Den Dirty Talk Skill gab es übrigens tatsächlich, die verwendeten Sprüche von Alexa hat sie wirklich so von sich gegeben. Inzwischen hat Amazon den Skill aber vom Markt genommen, gemäß den puritanischen Moralvorstellungen, dass man Alexa gerne dafür verwenden kann, eine halbautomatische Waffe zu kaufen, aber keinesfalls, um sich auf absurd anzügliche Art mit ihr zu unterhalten.

Meinen eigenen Junggesellenabschied habe ich im Übrigen wesentlich weniger spektakulär gefeiert, als hier geschildert. Als Ausgleich war ich anschließend in Las Vegas. Was ich da erlebt habe, kann man in *Vegas! Vidi! Non Vici!* nachlesen.

Das Schreiben dieses Buches selbst dauerte nur wenige Wochen, denn es lief wie im Flugmodus. Natürlich hat mich dabei wie immer Musik begleitet, vor allem *Kernfusion 1* von *Dominatrix Remix*, der alte Depeche-Mode-Klassiker miteinander verquirlt und damit etwas ganz Eigenes schafft.

Wie auch schon in den ersten beiden Teilen von *Mein Leben mit Anna von IKEA* sind alle Charaktere frei erfunden und haben keinerlei Bezug zu schwedischen Möbelherstellern, vorderpfälzischen Sparkassen, türkischen Dönerbuden oder internationalen Chemiekonzernen.

Natürlich habe ich auch dieses Mal ein paar Personen zu danken: Als Erstes Digital Publishers, die spontan bereit waren, noch einen dritten Teil in der Serie dazwischenzuschieben. Insbesondere möchte ich Marc Hiller, Stephanie Schönemann, Ruth Papacek, Francesca Hintz, Sarah Schemske und Anja Kalischke-Bäuerle danken, sowie meiner Lektorin Daniela Höhne.

Außerdem danke ich Alexander Hofmann für die Autorenfotos, Christian Purwien von purwien.tv für den Buchtrailer und meiner persönlichen Anna von Ikea, meiner geliebte Frau Oriana.

Deren Junggesellinnenabschied war Gerüchten zufolge übrigens um einiges spannender als meiner, aber Genaueres werde ich wohl nie erfahren :-).

Natürlich danke ich auch Ihnen, liebe Leserin und lieber Leser. Ich hoffe, Ihnen hat das Lesen so viel Spaß bereitet, wie mir das Schreiben dieses kleinen Romans.

Jedenfalls dann, wenn Sie das Buch käuflich erworben haben. Es gibt ein sehr wahres Sprichwort, welches da heißt: Alles hat seinen Preis. Und das gilt insbesondere für alles Digitale.

Musik und Literatur jedenfalls sollten ihren Preis haben. Sonst wird es bald nichts mehr oder nur noch das ewig Gleiche zu hören und zu lesen geben.

Doch das ist nur meine persönliche Meinung und jeder darf gerne eine eigene haben.

Falls Ihnen dieser Roman also besonders gefallen oder auch nicht gefallen hat, schreiben Sie doch eine

Rezension. Gerne bei Amazon oder bei einem der anderen Anbieter, denn so erfahren noch viel mehr Leser, ob dieses Buch lesenswert ist oder vielleicht ein anderes :-).

Sie können mir natürlich auch eine E-Mail an kontakt@thomaskowa.de senden, mich auf meiner Homepage www.thomaskowa.de besuchen oder bei Facebook unter facebook.com/Thomas.Kowa.Autor.

Dasselbe gilt, wenn Sie mit mir ein Interview führen oder mir einfach nur die unvermeidlichen Rechtschreibfehler mitteilen wollen, die mal wieder alle überlesen haben, nur Sie nicht.

Falls Sie mich für eine Lesung buchen wollen, besuchen Sie die Seite www.storyvents.com, da finden Sie mich und eine Menge anderer toller Autoren.

Ich hoffe, wir lesen uns bald wieder, gerne im vierten Teil von *Anna von IKEA*. Wann der erscheint, erfahren Sie als Erstes, wenn Sie eine E-Mail an kontakt@thomaskowa.de mit dem Betreff »Newsletter« senden.

Dann halte ich Sie in regelmäßigen Abständen über Veröffentlichungen und Auftritte auf dem Laufenden. Und das Beste: Für die Abonnementen meines Newsletters wird nicht nur manches Geheimnis vorab gelüftet, sondern es gibt ab und an auch ein kleines Extra.